ZUI
Zestful Unique Ideal

人生悲喜，字斟句酌；世界冷暖，字里行间。

最世文化
Shanghai ZUI co.,Ltd

PHOTO / Fredie.L

最世文化
出品

〈5〉

ZUI
Zestful Unique Ideal

— 最小说 —

有爱

郭敬明
主编

CNS 湖南文艺出版社 博集天卷 CS-BOOKY

PHOTO / Fredie.L

[CONTENTS]

目录

CONTENTS
目 录

ZUI —— NOVEL

主　　编 / 郭敬明
出 品 人 / 郭敬明
执行主编 / 痕痕
文字总监 / 痕痕
设计总监 / 胡小西
设计主管 / Fredie.L

Zestful —— Unique —— Ideal

版权合作或商业邀约
联系电话：021-62530237-158
联系人：张叶青、于漪

装帧设计 / ZUI Factor
(zui@zuifactor.com)
官方网站 / www.zuibook.com

流程主管 / 卡卡
宣传企划 / 罗航菲
文字编辑 / 卡卡、张明慧、孙宾、常怡君
图片编辑 / 胡辰阳
美术编辑 / 龙君、董璐

卷首

友爱

TEXT | 痕痕

某天，我不记得因为什么事去和小四确认，当时已经接近下班时间，楼梯上的光线暗淡，他站在一楼的庭院里，走到门边，我有一些犹豫，停了停脚步。

工作上的事很快确认完。他仍站在樱花树下，身上披了一件灰色的长呢大衣，仰头看树上的霓虹装饰，没有人在他身边，他一个人好像心情很好。离开时我也停顿了一下，小四遂说，你看，我把庭院弄得那么好，你们可以在这里开会啊什么的。

庭院的池中养了锦鲤（奇怪，他什么时候开始不怕鱼了），曾经大家一起吃饭，只要桌上端来一条鱼，几个朋友就会很有默契地把鱼转到远离他的地方，然后几双筷子迅速地把鱼分解，他对鱼过敏，号称不能看到鱼。

庭院里有瀑布的流水声，清冷的灯光下，优雅的布置着米色的沙发、茶几，设计师的艺术品和花饰之类的。

他又说，你们文编的空间也可以布置起来啊。

“啊，哪里？”

“就是二楼的阳台啊，你选好了东西，找我来签单就好啦。”

近些年他已经开始沉迷买各种各样的艺术品了。

说完这些，我才转身离开，不知道为什么，似乎如果除了工作之外什么都不说，留他一个人站在树下，有些过于冷漠了。

封面摄影 / MOON 文子 & 金浩森

封底摄影 / MOON 文子 & 金浩森

回想当初大家在同一个时间，一间办公室里做《最小说》的日子，我打包初审给到小四，心里就开始怦怦怦跳，那时对新人作者的文章寄望太深，等待终审的结果就像是站在悬崖边上。耳朵里心跳的声音太大，怀疑座位在我身后的他都能听到。

而每当他看到中意的文章，就会在办公室里急急奔走，冲到编辑那边指导作者应该再怎样修改会更好，就差直接帮作者修改了。

仔细审阅文章的时光沙沙流过，他会开着很响的音乐写作，也会在病痛或委屈的时候，想到从写作里获取力量。

这些年，我们的工作时间和内容有了分岔，但我坚持无论如何都要对稿件认真，多认真一点。这是不是也是受到他的影响呢？

“我×，写得真好！！”

走在回家的路上，回味着这本书里的文章，脑中却响起他的声音。

便觉得有秋意了，脚步也轻快起来。

“有爱”的谐音为友爱，这是一本记录人与人之间情谊的书，也可以说是记录了最珍贵的物事的书。

请你也细细体会吧。Ⓣ

DAYS OF LOVE

TEXT / RIN
PHOTO / Jonathan Mueller

他很少会穿西装，更别提一板一眼地打上领带，但今早出门前他却对着仅有的几个花色选了又选。

西餐厅布置得很漂亮，到处都装饰着她喜欢的糖果元素。在场的好友竭力掩饰自己的激动之情，假装这是一个普普通通的派对，直到那句最重要的话被说了出来。

“你愿意嫁给我吗？”

“我愿意。”

尖叫声此起彼伏地响了起来，她的眼眶红红的，拉起了单膝跪在地上的男生。

真是幸福啊。他站在最外圈笑着鼓掌，自己也说出口了呢，“你愿意嫁给我吗？”只是没有人听到。

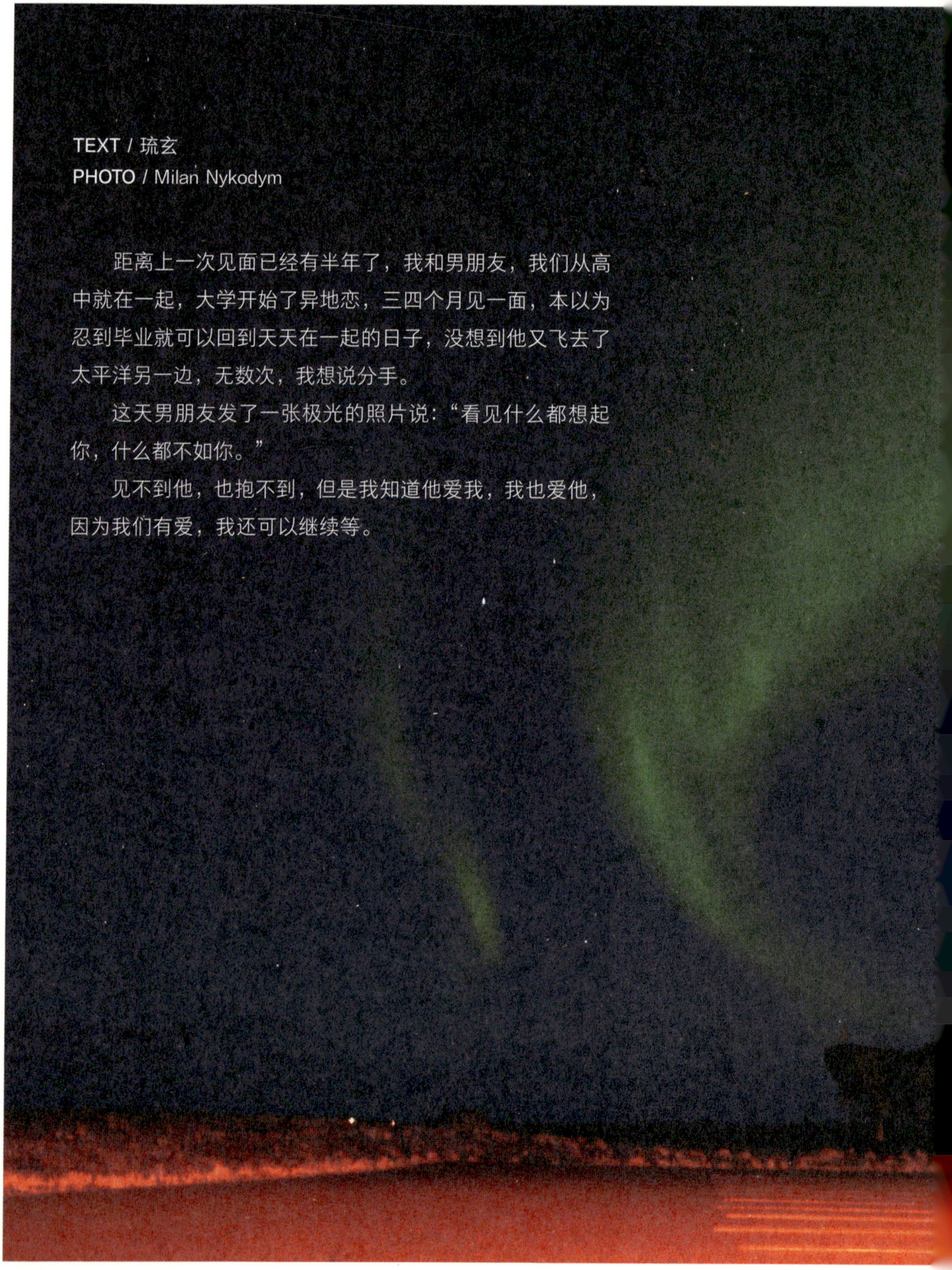

TEXT / 琉玄
PHOTO / Milan Nykodym

距离上一次见面已经有半年了，我和男朋友，我们从高中就在一起，大学开始了异地恋，三四个月见一面，本以为忍到毕业就可以回到天天在一起的日子，没想到他又飞去了太平洋另一边，无数次，我想说分手。

这天男朋友发了一张极光的照片说：“看见什么都想起你，什么都不如你。”

见不到他，也抱不到，但是我知道他爱我，我也爱他，因为我们有爱，我还可以继续等。

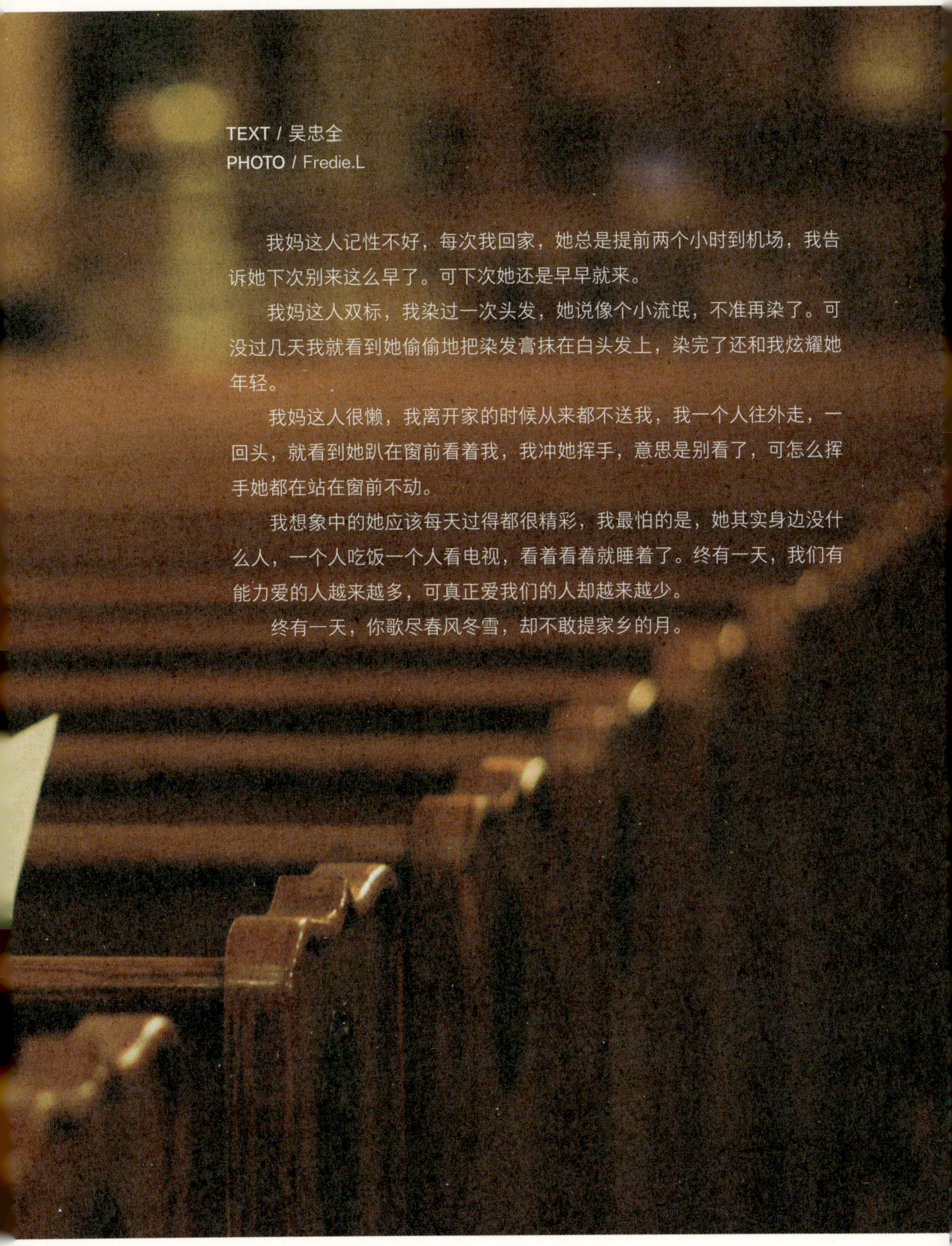

TEXT / 吴忠全

PHOTO / Fredie.L

我妈这人记性不好，每次我回家，她总是提前两个小时到机场，我告诉她下次别来这么早了。可下次她还是早早就来。

我妈这人双标，我染过一次头发，她说像个小流氓，不准再染了。可没过几天我就看到她偷偷地把染发膏抹在白头发上，染完了还和我炫耀她年轻。

我妈这人很懒，我离开家的时候从来都不送我，我一个人往外走，一回头，就看到她趴在窗前看着我，我冲她挥手，意思是别看了，可怎么挥手她都在站在窗前不动。

我想象中的她应该每天过得都很精彩，我最怕的是，她其实身边没什么人，一个人吃饭一个人看电视，看着看着就睡着了。终有一天，我们有能力爱的人越来越多，可真正爱我们的人却越来越少。

终有一天，你歌尽春风冬雪，却不敢提家乡的月。

STANFORD

TEXT / 沈年珺
PHOTO / Fredie.L

大约从高中开始，你习惯了有些青春期的烦恼就写一封信给爸爸，过不了多久就会在同样的地方收到爸爸的回信。

之后离家越来越远，手机也取代了书信的功能，你的短信收件箱里还保留着最早那条爸爸发来的询问：“小家伙在干什么？”

然而这也过去好几年了，你问起爸爸为什么现在都不给你发短信了，爸爸说：“现在眼睛不太好了……”

爸爸的眼神装载了时代的变迁，最后留下的，仍然是家的记忆。

你感到自己的幸运，因为爸爸的眼神中有最深沉的爱，当你看向他时，也找得到他眼中深藏的爱的倒影。

TEXT / 刘麦加
PHOTO / Fredie.L

临去澳大利亚之前，我对王医生说，咱俩结婚吧，我就不出国了。王医生说，不不不，你还是出国深造吧，祖国未来的建设需要你。万般虚与委蛇。我琢磨着，好，你不娶我，那

我就跑去医院，看准你下班的点然后从楼上跳下来。可是终究我还是没跳楼，王医生在大雪地里把装成烂醉的我背回家。我很难过，觉得他不爱我。

我对王医生说，我要去很远很远的地方，去看好多好多的美景，遇见很多很多的人。我会把你忘了。王医生没说话，他低头沉思了一会儿，突然张开手臂，揽过我，说，那就抱一抱吧，小女孩。

TEXT / 幽草
PHOTO / Darien Law

咪咪在世时，我俩经常一个被子里睡觉，她那柔软的皮毛不知多少次温暖了我的身体。有时候她睡在床角，我把脚划过去踩她肚子，她就仔细地给我舔舔脚，换我男友伸脚过去，她就张嘴咬他脚。她过世后，我就再也没有可以抱在怀里睡觉的猫了。一个半梦半醒的凌晨，我隐约感觉咪咪就在床边，还像往常一样被我踩着肚子。我生怕自己醒来，维持着做梦的状态，贪恋着那份柔软与温暖，心里不停地说着“我爱你”，希望通过我的脚能传达给她。天亮后，男友告诉我，昨晚他梦到咪咪了，睡在床角我俩的脚边。“我也梦到了，那她是真的回来了。”说完我就哭了。

TEXT / 月隐
PHOTO / Alexandre Chassignon & dungx vux

我们之间最甜蜜的时光，是他曾每天提前半小时迎着晨光穿越半个城市来和我一起上学；

是我曾深夜溜出家门只为跟他一起看一场漫威电影的零点首映；

是他不厌其烦地为我讲那些怎么都学不会的几何习题；

是我第一次鼓起勇气牵他手时，彼此加速的心跳和羞红的脸庞。

而悲伤来得这么快，当最后分开的时候，我才发现，我们连合影都仅仅剩下一张集体照。

原来，我以为的长长久久的有爱，只是我一个人的痴心妄想。

MARVEL

TEXT / 卢丽莉
PHOTO / Fredie.L

我们能在一起一整天一整天地说着废话都不觉得无聊。我们相处的时候自由放松得就像独处。所有人都不笑的点

我们却会同步笑得直不起腰。我们一想到对方，心里就会莫名软下来，无论吵架有多凶，都抵不住一个拥抱的温度。无论我们理智上多想分开，却死都分不开。因为我们有爱。

TEXT / 冯天
PHOTO / Fredie.L

我们曾经如何定义，多么爱一个人？是睡前打多久的电话，还是在一起买过多少场电影票？

我们曾经如何定义，爱的那个人？是那个当你在后座时骑车会绕开石子的人，还是那个收了你十几封告白信也毫无回应的人？

我们曾经如何定义爱发生的那一刻，如何定义爱？

我们曾经总是会聊这些，可我们后来不聊了。因为我们都知道了，当那个人出现后，爱不再是能被定义的了。

木小雨 / ILLUSTRATION

ZUI NOVEL

★ 想描绘下来的，那些形影不离的时光 ★

“跟她在一起，绷紧的神经很容易松弛，就像过暑假一样，作业留到明天再做也不迟。”

★ 想书写下来的，那些赤诚相待的交集 ★

“你会从如此忙碌的时光奔波中，敏锐地发现那个你不愿意再虚与委蛇的人，果断地结束脆弱的关系。他是唯一三观与我完全不同，但我依旧维持着和他的友谊的人。”

★ 想记录下来的，那些相互扶持的成长 ★

“不费心的连续剧，对情感的追溯，无关痛痒的八卦……讨论着这些的我们，那一刻成为在彼此落满雾气的生活里相互取暖的同伴。”

★ 想纪念下来的，那些视如珍宝的回忆 ★

“我无法知晓现实中的她到底过得怎么样，但在我的记忆里，她永远快乐而充满激情。那么我所能做的，也只有尽力去保持这段记忆了。”

★ 想刻画下来的，那些淋漓尽致的面容 ★

“在他面前，我可以完全坦诚我的自私，我的欲望，我的阴暗面，我说坏话脏话时的丑陋样子。”

十七位创作者，用细致入微的笔触与你分享十七段叩动心弦的人生故事，
导演、作家、设计师、律师、演员、老师、留学生、游戏大神……
存在于身边各式各样的个体，
演绎出配合默契的搭档、宛如双生的至交、指路明灯的伯乐，
或是某个奇妙瞬间的深深浅浅的人生际遇。
十七个真切剖析情谊的故事，构建出一个多层次的柔软世界。

以文字记录珍藏于心底的感悟与感动，捕捉生命的平凡与温暖，
将也许你也曾感受，也许你还未曾经历的辗转于心的情感，化为最质朴的告白：
人生里能和你一起走过同样一段旅程，看过同样一段风景，真是太好了。
未来更漫长的时光里，都希望我们继续携手并肩，
因为有你陪伴，因为人生很长。

夏无觞 / ILLUSTRATION

这个女人和那个小孩

TEXT — 笛安

“小大扶携作伴行，欢然恋恋意相倾。”

— 陈岩《九子峰》—

我想我不会忘记她出生的那一晚，彼时我尚且不知道我该用“他”和“她”中的哪一个。北京电闪雷鸣，暴雨如注。三年前的夏天的傍晚，家里只有我和爸爸，以及刚来上工的阿姨——医生预警过我早产的概率很大，所以我要阿姨提前来上班。提前了两个月，总来得及吧——心里是这么想的。我不知道迎接婴儿究竟该准备什么，准确地说，我不知道所有人都在提醒你的那些“准备事项”究竟是什么意思。空气中已经隐隐有了潮湿的味道，我很冷静地从洗手间走出来，说，可能得现在去医院，我大概是要生了。

其实，那种疼痛并不像电影里演的那样，并不是马上进入撕心裂肺的模式，起初不那么剧烈，起初还在能忍受的范围内，你以为好像并没有那么夸张，却不知它在静静地加重着自己的剂量。夜晚的狂风打在玻璃上，我隔几分钟就得咬紧牙，忍受那阵规律的痛。我当时还不知道它们终将连成一片，没有出路。护士小姐走进来拔掉了吊针，她说看来早产是必然的了，此时产房正在准备。我当时在想，糟了，看来今晚必然有医生因为我而加班。

我的病房里面人越来越多，我的好几个朋友都来了——虽然我觉得她们其实是想看热闹，我靠在病床上，尚且能正常地跟她们打招呼。喵姐说，没事没事，我们都会自动假装你已经化过妆了。窗外打了一个好大的炸雷，有人说一定是某个厉害的大人物要诞生了。我闭了一下眼睛，因为一阵剧烈的痛是跟着那个炸雷一起降临的，身边的笑声都在飘远，我想还是让她们走吧，我马上就没有力气说话了。手机上有好几条信息进来，传递着和平生活里的消息，可是好像都跟我没什么关系了。有一个刚刚被确诊癌症的朋友，发了一条微信给我，说已经办好了入院的手续，在病房里待着，很无聊。

我回复他，北京在下雨。

隔了一会儿，我又说，其实我也在医院，我要生了。

暴雨如注。他回复了一连串的感叹号。

我说，我快要痛死了。早产了这么久，我怕孩子不健康。不知为何，我觉得我可以毫无顾忌地说实话，包括说我的恐惧。我用不着强撑。也许是因为他在另一个城市，也许是因为他有癌症。

他说，你不会有事的，孩子也一定不会。

我说，你也要相信我，你不会死的，你得看着我的小孩长大。

疼痛再来的时候，我的视线恍惚间无法聚焦于屏幕。闪电的微光里，我好像觉得，你来我往的几条微信里，我和这个朋友已聊完了生死。

凌晨的时候我被推进了产房，产床的轮子轧着地面，深夜的医院走廊不似人间。我躺着，产房里灰绿色的天花板摇晃着似乎要掉下来——说实话，即使砸下来我也不怎么在乎，我不相信还能比现在更疼。持续的物理性的痛渐渐地瓦解了体力，无力忍受的时候它还面无表情地持续着，于是紧接着就摧垮了精神。我在心里把主祷文背了很多遍，到后来句子的顺序已颠三倒四，就像我残存的逻辑。助产士一脸轻松地弯下腰看了看，语气轻快地说，也许还要几个小时，你不要紧张，可以玩一会儿手机。我想用嘲讽的语气说谢谢，但是没有力气。

那时候，我还没有想到，给我带来这种不可思议的痛苦的，是我的小孩。我不知道他在这儿用力挣扎冲撞的时候是不是感觉到了和我一样的疼痛。我想起第一次坐在医生对面的时候，医生没什么表情地看着我，问，你确实怀孕了，你要不要他？我根本没有思考，用力地点头。是的，我还没有结婚，我也没想好要不要结婚，可是好像那个瞬间，这些都成了细节。医生笑了，既然这样，恭喜你。再后来我第一次听见他的心跳，然后是妈妈问我，你想过没有以后要怎么办？我的发型师是一个十几岁的男孩子，那天从医院出来，我按照约定的时间去了店里——我问他，我还能不能染头发，我怀孕了。然后我才意识到，他居然是这个世界上第一个知道这个消息的人，甚至先于孩子的爸爸。他认真地说，还染什么头发，宝宝比什么都重要，一定要生下来啊姐姐。我的闺密紧紧地拥抱了我一下，她说不是我说你，你怎么那么不小心——然后她说，可是，感谢上帝啊。

有人在我耳朵边叫我，要我不要睡着，我得清醒着生产。深夜让万事万物都没有了真实感，产科医生凶得像是小时候的体育老师——后来她才跟我说只有尽量大声才能让产妇集中精神。后来的事情我的记忆不再清晰，我痛得想哭，可是眼泪好像都烧完了。他说，你抓紧我啊，不要怕抓破我的手，咬我也可以，只要你觉得痛了，怎么都行啊。可是他不明白，我没有力气了。医生的声音在我的头顶上吼，像是审判，胎心的速度慢下来了，你要快一点生，不然孩子会缺氧的。他慌乱地问医生，怎么能快一点，然后又自言自语一样地说，算了，医生你不要理我。医生和助产士有条不紊地操作着，问他，你怕不怕看到血？

他们好像是见多了会问蠢问题的爸爸。

他抓紧了我的右手，他说，我爱你。那时候我们都不知道，即使一起经历过这样的时刻，我们也还是很快就会分开。是那样酷烈的痛苦让我错觉，我已足够了解人生。可其实，人生的精髓并不在于痛苦和疗愈，而是无常。

我还以为我看见了死神，是一个身材瘦削、穿白大褂的年轻男人，手里拎着一只透明的箱子，不知何时出现在产房的墙角。其实他是人类，那只透明的箱子是为了把早产的婴儿安全转运到新生儿 ICU 的。我有点难以置信地想，应该不至于就这样死掉了吧——又不是写小说，所有的疼痛就在那个瞬间消失了，我还没有意识到这是为什么，就听见了哭声。

医生说，是个女孩子。

出生于一个夏天的凌晨，万籁俱寂，暴雨已经停了。尽管一开始的时候，我只能隔着玻璃箱子看她。几个小时以后，医生说可以试着走一走路了。我迟疑地踩着地面，腰部以下像是变成了雕塑，我一直庆幸自己直到最后都不是那种臃肿的孕妇，可是当时，好像失重了，不知道该先迈左腿还是右腿。

于我，这个地球已经完全不一样了，我好像必须重新认识它。因为我的孩子生活在这里。

天早就亮了，人们都说，极度的疼痛会让人感到度日如年，我觉得那是错的，时间像是煮沸了一样，一晃就把我带到了另一世。我吃力地在这个多了一个小小生命的地球上行走着，我知道我刚刚打完了一场惨烈的战争，虽然杀敌一千自损八百，可是，毕竟我赢了。

那是三年前的事情。我的小女孩三岁，她认为自己已经长大了。我从不后悔最初的决定。至今，她都是我最大的骄傲。

笛安 | 上海最世文化发展有限公司签约作者

已出版作品：《西决》《东霓》《南音》《妩媚航班》《告别天堂》《芙蓉如面柳如眉》《南方有令秧》

◎ 我写的故事都是假的，但我知道你会相信。

夏无觞 / ILLUSTRATION

像二百五一样喜欢你

TEXT — 安东尼

"天涯地角有穷时，只有相思无尽处。"

— 晏殊《玉楼春·春恨》 —

春节在1月末 你和几个朋友相约去老挝玩 临行前一天 发给我一张你泡澡的照片 照片里能看到你的脚 还有旁边土耳其航空的电子蜡烛 你说 春节快乐 谢谢你的蜡烛

我也向你问好 和你说在老挝旅行的时候记得拍一些照片 我从来没去过老挝 后来你真的发了一些旅行的照片过来 我拍了张和表弟们吃过年饭的照片给你 你说看起来真好吃 我当时觉得你不是真心的

正月里的时候 Daini 来大连找我玩 她父母都在国外 我就邀请她来我家 感受一下东北过年的气息 一日三餐吃得太好 睡得又足 没几天她就说她胖了 我妈带着我俩去家附近的疗养中心泡温泉 我和她说 这个比 SK-II 效果还好 Daini 笑说想搬过来住

我把你的照片给Daini看 她说好看

她问 我有没有给你发消息说想你

我说没 觉得有点肉麻 她说你既然想了 就说呗

然后我发了 I have been thinking of you

她问 为什么不是 I miss you

我说 I miss you 感觉好像没你不行 缺了点啥 有点窝囊

I have been thinking of you 听着 自己过得还不错 同时想你

年好过 日子不好过 这个年一下子就过去了

我2月3号的飞机飞墨尔本 2月1号回到上海

你说你飞机2月6号从南亚回上海 估计傍晚到 如果你想见面的话我们可以晚上一起吃饭

我说好 我那晚住酒店 你说周五你也不用上班 如果我没有别的安排 我们可以一起做点什么 我说 我的安排就是回墨尔本之前多和你待一阵子

我问你这几天都在做什么 你说看一本叫*Engelin*的小说 我说 我在看一个叫*Flipped*（《怦然心动》）的电影

结果你的飞机晚点 我在酒店看《哈利·波特》等你 你发消息说可能要半夜才降落浦东 会太晚吗 我说要是你太累了 我们就明天见也行 但只要你想来 我就乐意等 你说你来

我拿着电子书在大堂装模作样等你 其实每隔几分钟就看看酒店入口 看着你风尘仆仆地推着行李箱进来 我们相视一下 点头 一同笑了起来 晚上睡觉的时候你把衣服叠得整整齐齐的 我很喜欢

第二天一早一起下楼吃了早餐 你说你有点头疼 回家一趟整理一下 吃点治头

疼的药 我们可以一个小时后见 我们想想做点啥 也许可以看电影 我说好

我说 你头疼可能是因为我最近经常练瑜伽 呼吸有力 把你附近氧气都吸走了

你笑 后来我选了《太空旅客》把地址发给你 我到的时候 你已经取好票在等了

我觉得电影还不错 但觉得詹妮弗·劳伦斯 演什么都一个样

电影结束 我们走到一个公园坐了会儿 气氛挺奇怪的 可能两个人都不知道下一次要什么时候才能见面了 分手的时候 紧紧地抱了下

去机场的路上 我发消息给你 说 It gets harder and harder to say goodbye to you

你说 你也这么觉得

我说 这个电影好应景啊 你知道怎么造房子 我是一个作家

你说 Ture！ That made a smile to my face

回墨尔本以后 两个人就隔三岔五地聊天 基本都是报告近况 差不多9号的时候 你问我 4月有什么安排吗 我说没有 基本就待在墨尔本吧 怎么了

你说 你4月不是很忙 在想要不要来澳洲

我当时特别开心 你说 让我查查机票 现在还定不下来

2月8号的时候 你发了一张自拍 穿着雨衣戴着耳机 说这边在下雨 我当时在户外运动 给你拍了一张照片 你说难以想象 你们那边还是夏天

2月9号特别想你 去菜市场买花 看到有很好的无花果枝子 买了两枝想回家插水里 走到半路又回去换了桃枝 想和你开花结果

情人节要到了 想送你礼物 觉得送得贵重了会奇怪 感觉送花不错

于是问了做鲜花品牌的朋友 送一枝玫瑰要怎么操作 他说 没有一枝的 最少十一枝 差不多一千块 我说为什么没有一枝的 有一些人 也需要表达含蓄的爱意

他说我们鲜花都几千几千的 特别地猛烈

我说 我就要一枝你能帮我送吗 我说 你们应该做一枝的
两百五一枝也行 宣传的时候就说 我爱你 像傻瓜
朋友说 主意不错 但哥们儿 你别给我添麻烦了 我这几天都要忙疯了 我说好

后来找了个上海的花店 说是可以送（那时候我还没回国 不熟悉国内那些App 要是现在这点小事 分分钟搞定）

结果我不知道你家具体地址 百度 Google Earth 都用上 大概估算出一个地址给了送花的 说是一早上送到

电话留了小茫的 结果一早国内六点的时候 接到小茫的电话说 你送花连地址都不给明确 让人往哪里送啊 我说我找不到那个公寓的具体地址 不知道小茫怎么搜的 分分钟发来一个地址 问是不是这里 我一看 对的 当时觉得小茫真的是太神通广大了 就这样 鲜花送到了

然后那一天我都在等你的消息 结果早上没有 中午出门谈阿里巴巴澳大利亚的合作 也很没精神 整个人浑浑噩噩 因为Sali要回香港 我晚上请她吃饭 她来我家找我 因为情人节 还给我准备了礼物

一起吃晚饭 我总是溜号 她问我怎么了 我说了事情缘由 Sali说可能觉得你太

认真了吧 被吓到 我说可能是吧 于是更加愁眉苦脸 又要了一瓶酒 正喝着 收到了你的消息 你发了一张图 你手心里有一颗小小的用剪子剪的心 你说 希望你有一个愉快的夜晚 情人节快乐 我很高兴能认识你

那一瞬间 用 Sali 的话形容 我好像一个灯泡通了电 整个人亮了起来

我发消息问你说 你有收到我的花吗 你问什么花 我说早上送到的

你说 是吗 早上出门看到有人送花到前台 还在想哪个幸运的人 难道是我的

又过了一会儿你说你收到了 在前台放着 你开心地说你太喜欢了 更喜欢那个卡片 我在卡片上写 "I have a feeling about us. It is much older than you and me"

我和 Sali 道歉 一晚上都表现得魂不守舍 看到信息以后又合不拢嘴

她笑 说她理解

那天晚上回去和你通了一个多小时的电话 可能从那天开始 我就默默地觉得我会回上海吧

结果4月就真的回来上海了 在上海租了房子 一切都很好

任何东西在时间面前都会变得腐朽 唯有好的爱情 时间会让它越来越光亮

安东尼 ｜ 上海最世文化发展有限公司签约作者

已出版作品：《红：陪安东尼度过漫长岁月Ⅰ》《橙：陪安东尼度过漫长岁月Ⅱ》《黄：陪安东尼度过漫长岁月Ⅲ》《绿：陪安东尼度过漫长岁月Ⅳ》《这些 都是你给我的爱Ⅰ里德》《这些 都是你给我的爱Ⅱ云治》《尔本》

◎ 人生不用急 好吃慢喝 来日方长

夏无觞 / ILLUSTRATION

设计师R

TEXT
—
恒殊

“相逢一醉是前缘，风雨散，飘然何处。”

— 苏轼《鹊桥仙·七夕》 —

我和R第一次见面是在很多年前的一个伦敦美食节。朋友送的票，基本就是进去白吃白喝。我那时候很少外出，曾经的朋友来来去去，没有几个留下。就在那一年之前的除夕夜，亲友相互宣告New Year' s resolution，我半开玩笑半认真地说，希望在下一年里多认识几个朋友。

其实仔细想想，我至今为止几乎所有的朋友都是我曾经的读者。除了过去的同学之外——但我和他们大多不熟，我又最讨厌叙旧，所以就只剩下读者了，最早的一批读者，网上聊了几年之后，就都变成了朋友。

但伦敦没有什么人看过我的书。这些年我混的不是时尚圈就是媒体圈，圈子里的人大多没有固定的阅读习惯，更不会看吸血鬼小说。所以在自我介绍的时候，我有时候连职业都不说，或者就随口提一句，人家会说“哇，好厉害”，然后就过去了。其实我很开心，因为他们认识的我是真实的我，他们喜欢和我在一起是因为我本身的个性，而不是耗尽心机隐藏在我笔下人物身后的作者。

那是一个冬天，美食节上的各个摊子都在卖热红酒。旁边有两个刚来伦敦读书的女孩子，年纪比我小很多，我给自己买了一杯，又给她们买了一杯（她们坚持要share），这时候，一个姑娘进来了。

她穿了一件鲜红色的呢子大衣，梳了个马尾，头发又长又黑又亮。她身上没有别的颜色，除了红唇之外也没有化浓妆。她径直走过来与我们寒暄，我这才知道她也是朋友的朋友，和我们一样拿了免费票过来玩。没有人给我们介绍，我手上刚巧端着一杯刚买的酒。我不知道哪里来的勇气，主动和这个陌生人说，我们share 这一杯好了。

我总是和人保持距离，从来没有做过这样的事。

但是在我把酒杯递给她的时候，我记得她的脸被点亮了。那天一起过来玩的朋友大概有十几个人，但是只有我们两个一直在聊天。分别之前我们交换了联系方式，我意识到自己竟然新交了一个朋友。

在我新的朋友圈子里面，R 其实是很高调的一个人。她从圣马丁毕业，在一家伦敦最顶级的时尚品牌工作，手工定制高级时装。她不太参加我们吃吃喝喝的聚会，她朋友圈里面的相片，大多都是她穿着小黑裙在私人派对上与各界高层人士的合影。

她平时不太化妆，但她的美是那种高级的美，可以让一众廉价网红都自惭形秽。其实一直有人在逼她做网红，认为她的外形，还有她的能力，加上好的推广，可以作为一个成功的赚钱模式，但是她拒绝了。

她不缺钱。据说她曾经的男友拥有私人飞机，只因对她说过一句，以后我不用你挣钱，我来养你，就被她狠狠拒绝。

她热爱自己时装设计师的职业，尤其喜欢做实验性质的衣服，她买来昂贵的蚕丝，充当填充物做外套，居然比羽绒服还要保暖，而且轻便了好几倍。还有一次，一个手头不宽裕的朋友参加一个重要的面试，面试之前穿着新买的套装去找她，希望可以获得肯定。R 发挥她高级定制的超常天赋，一个晚上没睡，愣是把一套 ZARA 改成了 BALMAIN。最终朋友的面试获得成功，她比谁都开心。

R 生日的时候邀请了几十个人在她家的天台 BBQ。无数的鲜花和蛋糕环绕着她，在众人的祝福声中，她开心得就好像一个真正的公主。

我以为她生活富足衣食无忧。我以为她一直都很快乐。直到有一天我约另一个朋友来家里玩，她说，我带 R 来可以吗？我昨天在她这里，我不放心她。

R 出什么事了？

她一直在酗酒，你不知道吗？

不，我不知道。我怎么会知道？

我也不知道，她说，是她楼下的小卖部老板给我打的电话。他已经不卖她酒了，还有附近的其他两家店也是这样。

她有和你说发生什么事情了吗？

她这样已经很久了。我昨天试图和她聊天，好像是她家里的事情，但是她不愿意详细说。我觉得她的压力太大了。

R 那天的样子有些憔悴，但还是很美。像以往一样，她是经过精心打扮之后才出门的。

我假装什么都不知道一样和她聊天，然后聊到了她当时的男朋友。他们是长距离恋爱，两地分居。她突然问，你们说我回国结婚怎么样？那时候他们大概才认识不到三个月，而且一直不在一起。我们自然强力反对。她继续说，我知道这边创作环境更好，可以学到更多东西，但是想要赚钱的话，还是要回国才行。

R 什么时候想起了赚钱？

说这些的时候她是完全清醒的。我那时候刚从苏格兰回来，我倒了威士忌给她，可是她只喝了一杯就醉了。在另外那个朋友的建议下，我们玩起了塔罗牌。我们占卜爱情，占卜工作，我试图通过牌面告诉 R，如果她留下来，可能不会有立即兑现的好处，但是会长期获利；反之如果她选择离开，她会立即获得报偿，比如金钱还有婚姻，但是按她的个性一定很快厌倦。其实还用得着我解释吗，是去是留，失去与获得，她心底应该比谁都清楚。

可是压力实在太大了啊。R 醉了，她从沙发上滑落到地毯上，蜷缩成一团开始哭。我每天都要和我妈视频几个小时。我给他们唱歌跳舞，逗他们开心，让他们笑。不，你不应该做这些。你不应该对你父母的开心与否负责。可是他们不理解我。他们看不到我的成绩，他们觉得我是在浪费时间。你知道吗，我小时候都是一个人过的，没有人和我一起吃饭，没有人陪我玩，我一个人住在一所冰冷的大房子里面，我父母一直在忙，我根本见不到他们。唯一见到的人是姥姥，但是她也不管我。你们都说我做饭好吃，因为我六七岁起就自己一个人做饭了。从来都没有人理过我。从来都没有人陪过我。R 泣不成声。

我们不知道该怎么办，只能紧紧地抱着她的肩膀安慰她。

另一个朋友比我认识 R 要早，她说她从未见过 R 打开心扉聊起过去。那天我们继续聊天，从下午一直聊到半夜两点。我坚持让她们在我家留宿。第二天早上我做了丰盛的英式早餐。R 梳洗打扮好下来吃饭，她笑得很开心，就好像什么都没有发生过。

我以为这件事就这么过去了，但是一个月之后我听到了 R 回国结婚的消息。朋友圈里像是丢下了一颗炸弹，在很长一段时期内，朋友之间聊天，不约而同地都会提起她，各种猜测都有，而我保持了沉默。

R 回国之后就从微信上消失了。我有时候看到她给别人点赞，但是她自己却一条朋友圈都没有发过。我也试图和她联系过几次，但每次都是寥寥几句，不但从未有过那次深夜酒醉之后的谈心，她连自己的日常生活都很少谈起。有时候她也会提到伦敦，提到夏日的 BBQ 和冬日的热红酒，提到她是多么想念我们，想念她当初在伦敦的生活。但是当我打算深入的时候，她却退缩了。

我不敢问她，最终选择回国结婚的原因。仅仅是父母之命吗？我不敢问她，婚后生活是否快乐。还有她信誓旦旦的设计师事业呢？以往她每次提起都会激动非凡，向所有人讲述她的梦想。现在呢？我不知道。

我在伦敦住了很多很多年。朋友来了又去了，友情总是难以保持。我记不起很多人的名字，也忘记了很多人的面孔，但我始终记得在那个寒冷的冬天里，和我共同饮一杯热红酒的红衣姑娘。我希望她过得好，不管她在哪里，我希望她可以最终达成她的梦想。

我无法知晓现实中的她到底过得怎么样，但在我的记忆里，她永远快乐而充满激情。那么我所能做的，也只有尽力去保持这段记忆了。

恒殊 丨 上海最世文化发展有限公司签约作者

已出版作品：《天鹅 · 光源》《天鹅 · 闪耀》《天鹅 · 余辉》《天鹅 · 永夜》《天鹅 · 晨星》《十字弓 · 玫瑰之刃》《十字弓 · 背叛者月》《十字弓 · 亡者归来》

◎ 我不想变成吸血鬼，因为我不愿放弃亲吻镜子的乐趣。

夏无觞 / ILLUSTRATION

我的朋友，李律师

TEXT
—
猫某人

“安得促席，说彼平生。”

— 陶渊明《停云》—

李律师不叫李律师，她有一个端正的本名，律师只是她的职业。

和大多数律师一样，她崇尚秩序、渴望力量，这一点无论是在生活中还是在创作中都给了我很多启发，所以我决定写一点我与李律师的故事，而李律师也欢喜得很。

李律师并不反感我这样郑重其事地称呼她，在她的认知当中，这不是疏远，而是一种赞颂——李律师是一位可以坦然面对奉承的人，尤其不排斥我的恭维。我琢磨着，大概因为我是个靠编故事为生的人，溜须拍马起来比一般人要讲究些、自然些、新颖些；而人活一世，总要有个名堂，没有什么比被人毕恭毕敬地叫一声大律师更舒泰的事了，并且，这广告打得很直接，无论是在菜市场，在路边摊，还是在酒店餐桌上，或者在小区楼道里，一声“李律师”，就代表了她本科四年刻苦研读的岁月、努力取得的司法考试成绩、在律所被和母亲一样年纪的老板像孙子般使唤的经历，还有在高档套装和皮鞋上花掉的金钱。旁人即使不会马上围着她联络起业务来，但光是他们目光里散发出来的三分敬畏，也已经展示出了她的权威。

李律师是位典型的北京姑娘，高个儿，漂亮，主意正，热爱生活，并且在塑造内外这种事上十分上心。十多年前，大阔腿裤还没流行起来的时候，她就已经穿着它们在学校里晃悠了，理由是这样看着十分道骨仙风，和读书人的气质相符；而大阔腿裤开始流行的时候，李律师对它们嗤之以鼻起来，并且严肃地对我说“把你那条露膝盖的裤子扔掉吧，那不是烂漫，是破烂”。也就是在这个时期，李律师开始毫不掩饰地表现出她对秩序和力量的推崇。她编着规整的单麻花辫儿，戴着板正的羊毛鸭舌帽，穿着一条褶子都没有的英式风衣，和发小儿把铜锅涮羊肉当下午茶，还能在下午茶的时候，绘声绘色地把她在敦煌旅行时混进壁画修补工地的见闻与福柯的书混在一块儿聊，聊得头头是道、锋芒毕露。而且，重点是：她毫不顾及这张桌子上还坐着发小儿的男友，这还是第一次亲友间的正式约见。

当然，后来那位男友还是顺利升级成了她发小儿的丈夫；再后来，这位丈夫提起李律师时，言语中依旧饱含着敬畏之情。他回忆道，在那天的下午茶会上，李律师和当时还是女友的妻子，这两个标准的文艺女青年简直就是一个拉弓一个放箭，还好自己以一定的艺术修养为盾顽强支撑了下来，这次经历对他而言十分珍贵，毕竟他也是被神奇女侠考查通过的爷们儿了。

工作后，李律师更是充分展现了她作为一个秩序与力量的信徒的潜力。初到律所做学徒的那段时光，她能够在标准工作日的早上七点出现在京郊的看守所给当事人送进口牙膏和老母亲手工秋裤，中午饭点之前准时回到坐落在东三环的律所，下午就跑到了河北省某城市下属县城的法院去开庭。那段时间，我正在上海，极力适应着潮湿寒冷的冬天和同样阴霾的情绪，李律师征服首都拥堵交通的态度和实践给了我很大的启发，毕竟比起她的生活，我那点事就显得矫情多了。而当我向李律师毫不掩饰地表达景仰之情的时候，她也毫不客气地摆起了姿态，以恬淡的语气说，哦，没什么啊，北京三环总长48公里，基本每天都要兜上一圈，习惯了。

随着李律师在律所地位的提高，她出差的里程就更长了，去矿山驻扎，去果园考察，去渔场开会，还借着来上海做IPO项目的机会跟我一起住了几个月，每天晚上一边跟我聊天，一边整理如山如海的票据。我是个缺乏耐心的人，看着那一大堆纸片就忍不住皱眉头，李律师则教育我道，这些都是钱，你应该给它们应有的尊重，它们会在账户上回报你。在追讨金钱方面，李律师确实毫不手软，比方说为了从某以拖延闻名的国际旅行社及时开出差旅发票，她不惜打电话给电商交易平台和罗湖国税，在四十八小时内就拿到了她需要的票据……就这样，每天和各种人群、窗口机关斗智斗勇之后，李律师还有精力烙牛肉馅饼逼着我吃。我总觉得，一个人不可能平白无故拥有这么多能量，所以我把她能量的来源归结为：她爱吃肉。据我观察，一碗羊杂汤就可以给她带来精神头，再多半只烧鹅的话，就足够让她脚踩风火轮去殴打天皇老子或者妖魔鬼怪了。而那个时候我正在痴迷于水煮青菜，并诚挚地邀请李律师加入我的行列，结果是：李律师拒绝踏入弥漫着一股草味的厨房，撇下我和另一位友人相约去吃德式烤大肘子了。李律师表示，不要以为给一位女士扣上爱吃肉的帽子，就能削减她的魅力和风采，因为她打心眼里认为，在食物链上，吃肉的比吃草的高级，比方说我这种每天靠菜叶子为生的弱质之辈，是铁定斗不过她的，无论是在智力上还是武力上。我惶恐地点头，并连忙吃了一口嗞嗞流油的馅饼，外焦里嫩，蛋白质充足，啖食残军流寇一般的有力感。

我那清寡的厨房也成为被李律师的铁腕秩序化了的产物之一，恢复了一个厨房应该有的烟火气。

当然，身为一个人，有些事还是无法为所欲为的，即便是李律师。按照她对自己人生的规划，她找到了外表气派且价值观合衬的伴侣，并选择了结婚，从而面临着每个凡人女性都不得不面对的问题：世俗的婚礼和世俗的生孩子。

在世俗的婚礼上，李律师不得不扮演了一个温软顺服的新娘，去给各位关系远的近的看客赔笑敬酒。而我和她的发小儿已经承袭了李律师的灵魂，我们一个端盘子一个挥筷子，从宴席上的每一道硬菜里帮李律师劫下了第一口食物，是满满的一堆肉类。看着李律师甩掉高跟鞋，脱掉盔甲一般的婚纱，坐在宾客散去的亲友席上感慨地大口吃肉的时候，我眼前恍惚间出现了英雄归来或者帝国复兴的光芒。婚礼之后，李律师发了一条朋友圈，每个字都浓缩了秩序和力量的那种。

在经过了毕生难忘的婚礼时速二十四小时之后，我收拾起自己饱经摧残的断壁残垣，西装革履地逃回正常工作中休养生息，正好看见了这么一篇貌似有理的文章。以我自身的经历来看，即使是在所谓正统传承的仪式程序中，仍然有太多的空间夹带新人、父母、亲朋、婚庆公司各自的私货，如同法定量刑标准之内法官本人辽阔的自由裁量权，婚礼不仅仅是昭告天下一对新人原有社会关系格局的重组，仪式本身也是各方角力的场所以及差序社会格局重组的体现，一场仪式完整地表现了涉事每个独立个体维持在各自社会关系中的姿态，以及原有家庭差序格局和代际更替的打破和重组。因为我们所处的社会环境是急速变动的，所以这种更替不再能够以上一个规训时代那种温和的样式进行，实际上更替与重组无处不在，婚礼只是一场必然的、激烈的集中外化而已。

而发完这条朋友圈的第二天，李律师就拎着公文包回到了律所，恢复了帮客户吵架斗殴擦屁股的日常。

对了，那场婚礼上，李律师把她的捧花送给了我，而不是扔。毕竟，她那么坚持理想的秩序。

而在世俗的生孩子的问题上，李律师也向我展示了非凡的成绩——而即便就在她“坐在医院里那个不知道干什么用的大球上运气”的时候，还在一边给我们直播产房中的人间百态，一边通过电话指挥自己麾下的小实习生，怎么去拖延客户十二个小时。李律师这个孩子生产得十分痛苦，再加上长辈一些不科学的态度和行为，令一向冷静理智的她，也用了“如同地狱”来形容此番经历。但，她不是一般女性，她是李律师。没多久，她就一扫不快，开始努力赚她的奶粉钱，立志要把儿子送进公立托儿所，这样就不会在万圣节这种劳什子的鬼节日被私立幼儿园要求参与什么挖破南瓜的亲子互动。

而为了庆祝李律师回归战场，我和另一位友人，联名送了一双鞋给她，尖头，超高跟，看上去只要套在脚上什么都能踢死的那种，寓意不言而喻。

李律师瞥见我写她的事，一针见血地点评说，我因为自己不敢面对人生中的种种难题，而用写作过分神化了她，以取得一种虚拟的力量源泉；而我说，我没什么深度，就喜欢干些给英雄锦上添花的事情，而不喜欢去渲染英雄铠甲底下的破裤衩。

李律师沉默一会儿，回复我：我才不会穿破裤衩。

猫某人 | 上海最世文化发展有限公司签约作者
已出版作品：《大梦》《荣耀谱》《骑誓·杀戮骑士的垂怜》《百乐门》
◎ 约稿约杂文吧，约剧的话约黑色喜剧吧。

夏无觞 / ILLUSTRATION

和尚团长

TEXT
—
冯天

“大人者，不失其赤子之心者也。”
—《孟子·离娄下》—

我与和尚团长认识快五年了，这对单纯的网友来说，是一段挺长久的关系。要知道当今社会，即便是日常生活中的熟人，在某个时间点彼此互删，感恩有你，双向拉黑，都是随时会发生的。每一天每一个新闻事件，每一条朋友圈的表态，即使小到只是讨论一部电影好不好看，都是一次三观的站队。

你会从如此忙碌的时光奔波中，敏锐地发现那个你不愿意再虚与委蛇的人，果断地结束脆弱的关系，并大胆地告诉所有人，你觉得对方是一个大写的傻 ×。

和尚却是唯一三观与我完全不同，但我依旧维持着和他的友谊的傻 ×。

我们第一次见面是在一个大型古风网游的二十五人开荒团里，他是主 T（游戏用语，指怪物仇恨主要承受者），负责抗 boss（怪物），拉站位，我是新来的治疗，主要任务就是保证他的血线。语音频道团长吩咐他：“和尚，开怪了。”然后又吩咐我：“花哥，奶（辅助）好他。”这两个称谓便成了我们从此以后叫对方的固定名词。

那次开荒总的来说还是挺顺利的，虽然有好几次，我为了争治疗量第一，故意把他的血线维持在一个中等水准，分技能去奶别人，语音频道里几乎就要听到他开口的脏话声了，第一次语气词已经念了一半，又因为血线瞬间被我抬起而憋回去了。几次开荒下来，他似乎已经习惯了。有一次我上线，信鸽里收到了他寄给我的小药，附带着："大奶求多关爱。"末尾附带一个红唇的表情。我心想，这个和尚还挺会撩骚的。

某一个晚上，我在主城楼顶挂机，他突然飞到我面前来，邀请我同骑一匹马，我果断点了拒绝。过了片刻，他就密（单独找）我："花哥，去帮忙奶个十人本吗，带带帮会的萌新。"又发来了个组队邀请，我想了想，最终还是同意了。去了指定的语音频道，就听到他在给新手讲解打法，一口塑料普通话，啰唆又磨叽。见我来了，非要我开麦帮他提醒下转阶段时怎么处理，我说好。他就失望地哇哇叫："啊，原来真的是花哥啊，我还以为是妹子玩成男号呢。"我有些无语，心想我从头到尾都是男生啊，很想发一个"戏多的人注定伤得比较深"的表情给他。

几番波折地带他帮会萌新们打完本，我迅速地下线了。第二天上线，又在信鸽那儿收到了和尚寄给我的小药，附带着："谢谢大奶继续关爱。"让我觉得这个和尚的五蕴六根真是不太清净。

副本里有个 boss 的打法非常磨人，我与和尚得不停地遛圈，其他人则可以划水挂机等时间耗尽，大家相处久了，战斗友情深了，就开始扯皮，损出了很多关于和尚的八卦——之前他不是玩和尚的，玩的是军爷，绑定奶是他的女友，两人取着情侣名，在每一次开荒间隙中疯狂喂大家吃狗粮。后来不知道怎么分手了。他就重新练了个和尚号，取着灰暗消极的名字，如同游戏背景里的战乱末日。

"别说了别说了，再说我就要让你们团灭了。"他开麦求饶道。

但我觉得他的行动一点都没有受过情伤的痕迹，整天裸着上身在主城带妹子游街，骑的还是一匹很丑的马，可以说是十分不正经了。我猜这样都有人理睬他，大概是因为玩和尚的人实在太少了，和尚这个职业有个全门派最炫的技能，叫舍生。释放的时候，会有一尊金光璀璨的极乐佛笼罩在你身上，而你受到的一切伤害都由他承担。

妹子们都图个新鲜罢了。

漫长的暑假结束后，团长突然要去日本和团长夫人奔现，开荒团也因顺利通关就解散了。和尚由于业务出色，被挖角去了首甲团，还顺带要拉我一起去，对新团长说我是他的绑定奶。新团长显然没有那么自来熟，让我另外等安排。过了几天后和尚问我：“为什么不去新团开荒，我们已经过了第一个 boss 了。”我想也许是因为我这个职业在新本里不吃香，也许是他们人员饱和了，也许怕我抢装备，有种种原因，就像通往同一个终点有千百种路径一样自然。

“不想打本了，准备去打架了。”在和尚下线后，我才找了个理由搪塞他。

说实话，我其实是有点怕和尚会因为我被新团长拒绝了，而用“那我也不去了”来挺我。不知何时开始我们已经绑定了，他会等我上线后再一起做日常，会在我挖药材的时候帮我清理好周围攻击人的野怪，会为了陪我刷一件稀有的外观，而彼此沉默地刷上整个通宵。

“我能放歌吗？”他在语音频道里问我。

“不能，很吵。”我照例不答应他的众多提议。

而我会尽量配合他的其他要求，例如陪他做一些无聊的成就，允许他为了要帅而穿输出装抗怪，借钱给他拍他根本用不上的装备，等他每天用寄给我的小药抵债。

如此保持距离的好处，就是他并没有因为我的缺席而抗争。这种帮他设想过的自作多情并不让我失望，反而让我很安心。趁着这个契机，我也打算跟他解绑。我也并没有那么爱打本，只是想最快地拿到稀有挂件和外观而已。但我知道他很爱打本，也依旧爱在主城撩妹子。好几次我在顶楼挂机，都能看到下方一阵闪耀的金光炸起，大概是和尚又在给哪个妹子套舍身诀了。

为了不让自己的借口被戳穿，我装模作样地开始去打架，参加据点战、攻防战，顺带各处找野团清 CD（冷却时间），没有遇见过比和尚技术和意识更好的主T。但我想他应该遇到的都是跟我一样好，甚至比我更好的奶。有一次混野团时，因为一个特别稀有的挂件，被同职业的团长夫人故意使坏而失去竞拍权，气得我好几天都没上线，有了不玩了的念头。

当我再次上线时，在信鸽处查收邮件，身上突然被套了个极乐佛，才发现是和尚。

“你是要弃游了吗？”他骑着那匹丑得要死的低等马，不停地在我身边打转。我点开他的装备，发现他已经集齐了最新的门派套装，颇为拉风。

“不知道。”我觉得输给他了，不带好气地冷淡地打字回复。

“他们说想重组开荒团，让我当团长，花哥你要来吗？”

“那你的首甲团呢？”

“不影响的。但我没当过团长，怕照顾不过来，其他的都要你帮我。”

这次我难得地舍弃了自己的好胜心和矜持，很快地回复他说：“可以。”

组一个团远比我们想象中的复杂。除了组织安排活动，研究攻略打发，还要做许多后勤，招人，维护团员人际关系。每一次打完本后的深夜，团员们都散了，我们俩还要留在主城，讨论总结今天的进度，顺带发小广告吸纳新团员。那时候的主城已经很安静了，模拟天气系统把夜还原得很黑暗。我们把角色停在我最喜欢挂机的顶楼，和尚的手总是闲不住，隔一段时间就要往我身上丢一个舍身诀。我想，如果有人在远处不经意抬头，肯定会觉得这个高耸的角落，像某片海域上一个故障的灯塔。

团队就这么组建起来了，和尚终于变成了和尚团长，而且非常优秀，似乎他天生就适合干这个。有一天首甲团团长来找他，表面上希望他二选一，其实意思就是让他关掉这个团。我觉得这对他来说是非常容易抉择的选项，首甲团是他的骄傲，我们这个只是亲友团。可我没想到他竟然选择了离开首甲团，甚至还带来了好几个愿意跟着他的首甲团骨干，其实这个穷和尚人缘比我想象中的好多了。

“唉，离开了首甲团，估计以后就泡不到妹子了。”和尚故意地说着丧气的反话，显得有些讨打。团队发展得超出预期，两年内我们拿了很多通关五甲，为了团队配置，他不再玩和尚号，我也不再玩花哥号，我们有了许多不同职业的号，但我们依旧这么称呼着彼此。新来的人总会好奇我们的称呼是从何而来，他会开始滔滔不绝地回溯过去，而我选择安静不语。

和尚受妹子欢迎的程度也远超预期，前后大概换了三个团长夫人。最后一个团长夫人是和他同城的，他特别喜欢，确定是此生真爱："当年老团长为了爱去日本，我这幸运多了，打个车就到了。"和尚一心朝着要奔现去努力。

团长夫人什么都好，就是不喜欢我。我也不能完全说自己不知道这种敌意从何而来。我靠这个游戏虚度、躲避了好几年光阴，也是时候去面对现实了，我在试图离开的时候，总是能遇到新的契机。我想起上一次准备离开的时候，也不全然是因为那个被别人故意使坏而失去的挂件，那一刻还有许多生活中我一度觉得自己撑不过去的困境，它们不约而同地到来，让我消极，让我悲观。而让我喘口气的也许正是和尚的那个邀约，他可能以为我依旧不知道，当时同在野团里的还有他少为人知的军爷号。

是他目睹了我被欺负，而又为了照顾我的好胜心，才用别的借口，要为认生的我建一个新的居留地。这是他唯一一次表达曲折的目的，这也是我愿意还给他的一个人情。

所以我故意在群里，借着一件很小的事情，与和尚吵了一架，然后退群，退团，退游戏，演得像煞有介事。但我没有删掉和尚的微信，有时候不切断所有的路径，反而不会让对方产生必须要把事情弄清楚的决定。

后来我自己又玩了很多游戏，MOBA（多人在线战术竞技游戏）类的、卡牌类的、FPS（第一人称）射击类的，不知道是游戏不好玩了，还是我不爱玩游戏了，每个都没有很长久。我在朋友圈经常能看到关于和尚团长的消息，他和团长夫人奔现后，也没有再玩那个游戏了。他认为一部我觉得超难看的电影超好看，他去听了一个我觉得超土的歌手的摇滚区演唱会……他话痨，我冷静，他花心，我克己，他低俗，我虚荣，但我们有一种诡异的默契，彼此理解，无须联系。

前几天，和尚团长又发了条朋友圈，专门圈了我。我点开看，发现是我们曾经一起玩过的那个网络游戏要出重制版的消息——七十个 G 的新压缩包，几亿的研发经费，全画面材质升级，看上去十分厉害。当年我们一起玩的时候，电脑都不太好，每次打副本都不能开全特效，要屏蔽所有队友，只剩下各自头顶的名字。和尚总是站在开怪的地方，在语音频道里喊着“大家集中精神”，自己却不小心手滑按了技能，被 boss 秒杀在地上。

“唉，是烟掉在键盘里了嘛……好了，认真打了，不然花哥要骂我了。”和尚还非要把我营造得凶神恶煞，弄得大家都不敢来烦我。

——重制版会有什么呢？我们的五甲纪录还在系统里吗？你跟别人竞拍到天价然后送给我的披风会更美吗？经常去发呆的那座雪山会有春天来临吗？和尚，我们要去看看吗？

我们，会去看看吗？

但我看完这条朋友圈，并没有给他任何的回复。

冯天 | 上海最世文化发展有限公司签约作者

已出版作品：《杀手婚礼之路》《恋人以悲伤为食》《我错过的人都很幸福》

◎ 熬夜积极分子。

夏无觞 / ILLUSTRATION

沙西米

TEXT

—

琉玄

"相见争如不见，有情何似无情。"

— 司马光《西江月》—

<1>

沙西米，是个哥特女孩儿，现在说起哥特风格，大家都熟悉了，外在穿着以一身黑为主，但无论女生的黑裙子还是男生的黑西装，细看都充满细节，布满了繁杂的花纹，如果化妆的话，脸上的妆容以惨白肤色搭配黑色烟熏妆为主，性格无论是否真的内向，表现出来基本都以话少沉默为主，喜欢的音乐、绘画和文学，也多半是阴郁的，无论他们是否真的向往神秘的黑暗，但为了达成统一的风格，他们会告诉你："死亡与我们如影随形。"

今天，多数人已经了解了人类多样性，知道什么是哥特、"LO娘"和朋克以及汉服文化，虽然穿着这种特定风格的服装走在街上，还是会被人注目，但大多数人已经能认出来他们属于什么族群，并不是伪装成人类的外星人，可是，我认识沙西米的时候，是2003年，在网吧上网要三块钱一个小时，开一个网页要五分钟，当时在一个四十人的班级里，看漫画书的可能只有两个人，背着书包的中学生，走在街上，看见了cos成动漫角色的同龄人，会吃吃嬉笑道："什么妖魔鬼怪？"

而沙西米穿着华丽的漆黑撑裙，在太阳下举着手柄是骷髅的黑伞站在人群中，翻个白眼自我介绍道：“你好，我叫 sashimi。”

当时我的打扮是《天使禁猎区》里的路西法——只有那身皮衣，没有背着他那张经典插图里好像防毒面具的装备——但也足够被来往的学生取笑“什么妖魔鬼怪”了，这时刻，我是羞愧的，为自己是异类而感到抱歉，家长们也很讨厌我玩 cosplay，他们笑我“像个道士，穿一身要去抓妖的衣服”。

十八岁的我只有在和同好一起待着时才感觉自在，甚至有些傲慢，和他们一起嘲讽那些不理解我们的人是庸俗、乏味、浅薄无知的，他们是普通人，而我们不一样，我们孤独，是融入人群却被排挤的怪小孩，怪，却独特，我们自认好过普通，“普通”对我们来说是贬义词，很久以后有个词把我们总结了——中二病。

沙西米的情绪不会因为在任何环境里而动摇，她和我们在一起时，或是众目睽睽之下走在美食大排档里时，她都目空一切，傲慢得很，对耳边细细碎碎的“快看快看，精神病院的墙塌了吧嘻嘻嘻”的恶意议论声充耳不闻。

“听说你在找主持人。”她继续对我说话，同时继续翻着白眼。

她对每个人都翻着高傲的白眼，接触了几次后，我才注意到是她虹膜比较小，眼白露出比较多，所以才好像一直在藐视别人，不过她的狂妄是真实的。

此时的我也是狂妄的，所以对她的气场有些抵触：“你行吗？”我居高临下地打量她，虽然她比我大两岁，但是身高只有一米五出头的样子。

“那算了。”她无所谓地耸耸肩。

最后我还是定了她做主持人，因为也没别的人来自荐。

这一天，我在不是我就读的大学门口“面试”了几个人——原本有人说好了会有一间活动教室借给我，用来彩排顺便面试，临到当天那个人又说没借到——可是通知已经发在论坛上了，还好我这人不重形式，所以就很大方地站在校门口把所有人都见过一遍。

我要找的人是一个舞台主持人和数名可以现场帮忙的志愿者，除了供给盒饭，没有一分钱能支付给他们，很显然他们还得自己搭上来往车费。

我要办一个漫展，喜欢看漫画书的我突发奇想，为什么本市没有漫展？那我来弄一个，于是我跑去经常买书的那家店找到老板，劝他出钱，不要几千，哪怕一千也可以，我拿着这个钱，办本市第一届漫展，以你的书店冠名，就叫“八云间漫展”，给你打了这么大的广告，棒不棒？

老板被我忽悠成功后，我马不停蹄跑去了朋友的艺术大学，通过她找到了学生会，请他们出面帮我借一天校内最大的会议厅，没有钱给他们，这是艺术展，谈钱太俗，他们帮了我就是扶持了伟大的事业，他们点了点头。

接着我在动漫论坛发帖子寻找本地的同人社团，结果发现除了我自己这一家，没了，于是我跑去了隔壁省会城市，找了好几个社团的团长，请他们吃了一顿饭，邀请他们坐火车来我的漫展展出他们的绘画作品，还要出 cos 角色来上台表演节目，除了一人一份盒饭之外，我没有任何好处可以诱惑他们，但是他们很爽快地答应了，因为这是省内第一届同好漫展。

大功告成，我亲自绘制了传单和海报请书店老板散发出去，请许多朋友贴在了他们学校的公告栏上，接着在各大动漫论坛上发出公告，一切水到渠成，漫展顺利举办，现在回忆起来，是什么精神力量支撑着我，没有思前也没有想后就敢去搞这么大一个局——是狂妄。

年少的我无知于是无畏，还没见过什么大场面，也还没被生活扇过耳光，经历过最大的挫折也不过是考试不及格和投稿被退稿，我还相信着人定胜天，迈出第一步，自然就能走到终点，想干什么，我就去干。

那之后一天天长大的我由于被生活百般摧残而变得裹足不前，战战兢兢，都是后话，不提了。

狂妄让我这个掏不出一分钱来的学生以一己之力组织了漫展，狂妄也让沙西米径直走向了她的目标：和明星谈恋爱。

沙西米的独特之处在于，她是脱离群众审美对一切世俗之物都嗤之以鼻的哥特女孩，但她同时又是个混迹于人群之中非常虔诚的追星女孩，这违和感不亚于穿着碎花围裙的家庭主妇边做饭边听魔鬼嘶吼般的重金属摇滚。

<2>

直到如今，我都不讨厌狂妄的人，只要他们足够有行动力，而不是停留于口头的吹牛，事实上，我认为狂妄者更容易成事，面对一个目标，许多人在深思熟虑之后，选择的是放弃，而狂妄者没有思虑的过程，他们会直接奔着目标就去，哪怕脚下颠簸，他们也意识不到，因为他们的步子迈得很快。

漫展上，沙西米的主持不算成功，她声音很轻而细，声调更是平静得没有丝毫起伏，但是也没有人在意，我穿行在观众之间，只听见几个人在抱怨："说什么呢？听不见。"于是在社团表演的间隙里，我跟她说，声音大一点，她答应了，但是在播报下一场节目名称时，我也没听出来太多变化。

中场休息时，我们在后台的控制塔里聊天，沙西米全程站着不愿意弄皱她的裙子，于是我得以坐在唯一的椅子里。

"你是学主持专业的吗？"我问。

"那你是表演专业的吗？"她反问。

我摇了摇头，或许是因为我联合别的社团表演了一场没有台词的cosplay舞台剧，所以她才这么问，当时我有多狂妄呢，我觉得自己长得好看，其实也就是清秀而已，仪态也好，其实有些驼背，一个舞台剧能有什么问题？动动胳膊伸伸腿而已。

果然她接着问道："那你在台上那么自信？"

我得意地笑道："有什么难的？"

"主持而已，不就是念一下稿子，有什么难的？"她回答，"我是酒店管理专业。"

看来她对自己的主持能力还挺满意，我微微皱眉，这人真是不知天高地厚，却也被她的淡定说服，觉得她也挺酷的，有我一半酷吧。

大概是二十岁之后，我偶然看到我那场舞台剧的表演视频，羞愧地捂住了通红的脸，那自满的表情，浮夸的肢体动作，真想冲上去给她拽下来。

距离下一场开始还有些时间，我只能继续没话找话，毕竟她是我免费招来的，得照顾周到了："那你怎么会想到来当主持人？"

"就想试试。"她打开翻盖手机，给我看屏幕，"认识吗？"

上面是一个日本男明星的照片，我不知道姓名："哦，不就是杰尼斯吗？"于是模棱两可地提到该艺人的事务所名称，一副仿佛认识的样子。

沙西米于是说了一串叽里咕噜的日语，再用中文说："迟早有一天我会去日本，成为他的同行。"

"你要进演艺圈当明星？而且是去日本当？"我瞪大了眼睛。

"不一定是当明星，只要是能接触到他的工作就行。"沙西米说，"我要当他的女朋友。"

我认识很多女孩会对着一些明星的照片叫"老公"，但是那语气显然是闹着玩的，就像在说她们不知道该去火星定居还是先上月亮看看，而她说这句话的语气则非常稀松平常，就像在宣布她晚饭要吃青椒肉丝一样。

那瞬间我怀疑她也许办得到，毕竟她已经开始自学日语，零经验就敢上台当主持人，而我身边嚷嚷了三年想参加《快乐女声》当歌手的朋友，只会用吉他弹一首《小星星》，普选试镜一次也没去过。

再后来，我就听说她和一个韩国明星上床了。

这可怕的行动力，我对着那篇八卦帖子里的照片，瞪大了眼睛。

<3>

后来沙西米没有去日本，当时正值"韩流"盛行，她的注意力从一个日本男

星转移到了一个韩国男团中的歌手身上，于是她立即抛下了已经考过四级的日语，转而学习了韩语，并去了当地留学，租的房子就在那位歌手的经纪公司旁边，她加入了歌手的后援会后不多久就因为尽心尽力又一掷千金而成了会长。

《我的天啊！！！！你们知道出大事了吗！泰宝竟然被后援会会长给睡了！！！（有图）》

《有谁扒一下这女的是什么人吗？已经知道是中国人了，她不是普通的留学生吧？》

《人肉出来了，原来是地产商家的千金，奉上她的QQ你们去骂吧，骂完了看看你们买不买得起别人家的厕所呵呵……（附地产广告）》

《所以泰宝还是高攀咯？赌五毛钱看他会不会脱团单飞，就看沙姐姐本事了！》

与沙西米有关的帖子霸占了这个男团贴吧的首页，这个团，我不认识，至于这个叫泰宝的男星，似乎是这个九人团里很不起眼的存在，从演唱会照片都站最边上可以判断出来。

沙西米的照片只有三张，一张是正面和泰宝以及另外两个团员的合影，站姿和距离都很正常，就像是普通的粉丝，另外两张都是夜里的模糊侧影，她和他手拉手走在街上，他戴着口罩和帽子，她没有。

她还是老样子，破洞的黑色毛线大开衫和下摆破破烂烂的黑裙子，松糕底黑皮鞋，烟熏妆以及厌世的表情，歪着脖子，垮着肩膀站在泰宝身边，仿佛她并没有因为和明星谈恋爱而感到高兴。

贴吧里沸沸扬扬地闹腾了两星期关于沙西米的话题后，几乎就不再有人提她了，似乎因为不再有她和泰宝的合影流出来，不过这个男团到2010年左右的时候也几乎销声匿迹了。

<4>

“我父母都是工人，那些傻 × 想象力也太丰富了，我要真是那姓王的老板女儿，他们还能那么嚷嚷？”沙西米一手捏着烟，另一手在空中一扇道，“就那些狗屁帖子我全给删了。”

结束了留学的同时，沙西米也结束了和泰宝的感情，2008年，她直接从韩国飞来北京，从事对外贸易工作。

她于是便三不五时约我出来一起吃个饭，说是时不时，其实每次间隔有好几个月，甚至半年，我和她也没熟到需要经常见的地步，更何况北京这么大，要与人见一次面好像长途旅行似的。

她和我聊起过去，丝毫没有伤感的情绪。“我一开始就知道和他不能长久，跟身份没关系，他说韩语吃泡菜的，我不可能嫁给他，以后日子过起来不合适，这叫文化差异。”说罢，她突然咧嘴一笑，吐出一口云雾说，“更何况，别看他有一米八，他那东西特小，又没技巧，还得我伺候他，狂啊，一个十八线。”

一头金色长发的沙西米坐在我对面，把烟灰掸在空了的咖啡杯里，她语速比以前快了，话也多了。她不再是哥特打扮，而是普通的吊带衫和 A 字裙，但是露出的左胳膊上布满了五颜六色的文身，所以依旧惹眼。

她脸上不再有夸张的黑眼圈，而是精致的浓妆，精细的眼线和刷得根根分明的睫毛，包裹着自然款的美瞳，沙西米相貌不算美，但脑袋小得跟吉娃娃似的，所以一双狭长的眼睛生在这巴掌脸上，衬得她有别样奇特的美。

虽然整个人的外在风格变了很多，但我感觉她由内而外散发的氛围，和初次见面几乎别无二致，或许老了以后，这个人也还是会这样子，歪着脖子，垮着肩膀，翻着白眼和人说话。

我看着她，有那么一刻似乎能和那个韩星感同身受，这个人挺有意思的，她看起来根本就不像会去爱的人，所以得到她的爱相当值得自豪，同时又没有负担，因为她看起来根本就不是个会陷进爱里的人。

探索她的爱应该也挺有意思的，我问："你是真的爱上那个男的了吗？"

"废话，不然我为了他出国？我打工挣的每一分钱，都花在他身上了，不夸张，每一分钱。"她摁灭了烟头，"提分手的是我，也不算提吧，也到时候该回国了。"

分别时，她留了名片给我。"你现在是大作家了，认识的人肯定都不一般吧。"她用做了美甲的指甲划了一下上面的电话说，"你有我的QQ，急事就打电话，等着你给我介绍生意呢，快饿死了，对了，有谁需要韩语翻译，找我。"

"你日语不是也可以吗？"我问。

她一愣，坦荡地一笑："早忘光了。"

<5>

沙西米的第二任男朋友也是明星，这次的曝光闹得比较大，对方是个热门古装电视剧的男二，就简称为男二吧，她是他的助理——对，她转行了，我不是很惊讶——打从男二出道后不久，她就一直跟在他身边晃悠，也没有哪个粉丝在意，当然了，那时候的男二也没有多少粉丝。

男二的个子不高，身板纤细，不过穿衣有品，所以时尚资源比较多，演了部漫改电视剧，一夜爆红，粉丝多了以后，各种研究他人际关系的八卦帖就出来了，于是他和助理过分亲昵的照片也被挑了出来，因为证据不足，许多人不相信。

直到火眼金睛的"侦探粉"翻出了他和沙西米两人发的一条条充斥着"暗示"的微博，一一对比举证，坐实了他们在交往的绯闻。

男二的经纪公司没多久就发了公告，声明此事子虚乌有，并辞退了沙西米。

"最近有空吗？"那篇声明发布的当天晚上，沙西米打电话给我问，"一个网剧想找人画三十期左右的剧情漫画，放在网上做预热。"

“你已经换好公司了？”我很惊讶，不是刚被辞退吗？找下家的速度这么快。

“换什么？没换。”沙西米一愣后，恍然大悟地笑，“哦！哦，你说那个啊，就是哄哄粉丝而已，为这么点屁大的事情辞了我也太不划算了吧？我跟那家伙都好了多久了，全公司都知道——不过我被调岗了，以后就坐办公室，不会再出去惹人嫌。”

“那你就是没和男二分手？”

“没有。”她道，“不过我已经做好离职打算，准备干完手里的活儿就跳槽。”

“没必要吧，既然你现在的公司氛围这么好，都默认你们谈恋爱了。”

“这么搞下去，对他影响不好，我一直躲着也不是事。”沙西米的语气轻快，“现在他是上升期，再等几年，他稳住了就可以宣布恋情，我们商量过了，到时候直接结婚，买买营销号炒一波他不忘旧情又有担当的痴情人设，摇身一变好老公，再有个孩子，代言什么的更好接，是不？”

沙西米挂了电话后，给我发了一张钻戒的照片过来，说是他送的订婚戒指。

男二的热度持续了约莫有一年半后，便开始消退，除了那个古装剧角色之外，再没有哪个角色深入人心，新的两部电视剧毫无水花，一部院线电影的票房也“扑街”了。

关于男二的八卦虽然偶尔也还见到有人在讨论，但并没有太多人关心，沙西米和他正式分手了的事情甚至都没人知道。

<6>

沙西米的第三任男朋友也依旧是明星，既然是第三任就称之为男三吧，但是这一次还未发展到“男朋友”的阶段，俩人的事就被各大娱乐头条曝光了，他的粉丝更愿意将她和他的关系称为“约炮”。

“消息是我故意放出去的。”沙西米整容了，她再次和我约在咖啡馆见面时，我差点不敢认，她每天靠喝黑咖啡来抑制烟瘾，所以她眼前已经喝空了两杯，“他迟迟不给我个‘名分’，所以我想借外力逼他一下……”她顿了一下后继续补充说：“并不是要逼他公开我们的事，我只是希望他私底下拿我当女朋友对待。”

她的眼睛和鼻子、额头和下巴都动过了，整张脸的皮肤僵硬而光滑，像是戴着陶瓷面具，太假了，明眼人一看便知，不过化了浓妆的她端坐着不动时，真是犹如雕塑般明艳，在平面的照片里更是美得无可挑剔。

如今她不再坐班，而是每天坐在家里开四小时的直播，月收入照她的话说，“平平淡淡的时候三万吧，好的时候五六万”。她微博上的粉丝不足一万，平时也不刷，但是直播会被直接分享到微博发布。

和男三同床的照片曝光后，一夜之间涨了六十万粉丝，评论全是谩骂和讥讽，多数是攻击她的容貌——

“妈耶，换头术。”

“你妈还认识你吗？”

“这脸得花一百万吧，你一晚上多少钱？他知道吗？”

“层主说笑吧，她明显倒贴，鬼一样，吓死人了，给钱我都不睡。”

——最多的一条微博下面有八千多条评论。

“看都没看。”沙西米冷冷一笑，“真谢谢他们给我炒热度了，现在我的身价翻番，公司怕我被挖走，续签直接给我五百万。”

我感叹：“你吧，我特敬佩你的一点就是，你真的一丝一毫也不在乎别人的看法。”

“为什么要在乎？他们讨厌我，来打我啊。”她说，“打我犯法，要坐牢的。”说罢，她双手一摊：“这不是也没人来打我嘛。”

“之前我以为你真的会和男二结婚，哪想到你们又分手了。”

“这个嘛……我实话跟你说。”她的手指摩挲了一下嘴唇，意识到手指间没有夹着烟时，又挪开了手指，“我可能有很严重的心理病。”

在她开口前，我也差不多能猜出个大概来，因为很多人都有这个病。

“这个病症就是……”她自嘲地笑一笑，但是因为脸部打过针，所以这笑的幅度很浅，显得很假也很苦，“他不喜欢我，我就喜欢他，等他喜欢上我了，我就不喜欢他了。”

“而且你只会去喜欢那些光芒万丈的人吧？”

“没错，更因为他很大可能不会喜欢我。”她可能觉得笑起来辛苦，所以不笑了，“当初和泰宝分手，是因为我发现他光芒也不是很耀眼，和男二分手，是因为他越来越喜欢我了，所以我觉得他也没意思，我感觉我活着都没目的了。”

“男三吧，我追得很辛苦。”

而男三足够耀眼，他从相貌到身高都是标准的王子形象，所以演技一直被大众诟病，却拍一部火一部，同时，他还是个众所周知的“玩咖”，和他闹过绯闻的女明星以每两个月一个的频率刷新着娱乐头条，他更是夜店常客，不过每一次被拍到在和一群朋友喝酒、热舞的照片，他的粉丝们也只会更犯花痴，更全方位地接受了他的浪子人设。

“我最近在学西点，因为他喜欢吃甜品。”沙西米对着自己的脸比画了一下说，“他不喜欢女人抽烟，他喜欢这样的脸，在追他之前，我做过了详细的调查，甚至他所有的亲朋好友喜欢什么讨厌什么，我也知道，我有信心，如果他带我见他父母，他们一定会喜欢我。”

“你有没有想过……”我犹豫要不要说，但看着她已经被“改”得“面目全非”的脸，又很担心她会做出更多牺牲，于是道，“你爱的是他这个人，还是拿他当一座你登不上去的山？”

“我答不上来，但我清楚我现在正燃烧着，我此时此刻，心里有团火，一想起他来，就会烧得很旺很凶，我想和他在一起，这不是爱是什么？”她的情绪轻微地波动了起来，“自从我在网上见过一张他的照片后，我就花一个月的时间，夜以继日地看完了他全部的电影电视和综艺节目，买全了他出过的全部的歌，我不计一切代价，只想接近他。”

<7>

在如今的信息社会，几乎已经没有哪一个人是你想接近而触摸不到的了，各行各业的拔尖精英都有微博和公众号，你直接给他们留言就好像在对他们说话，当然这只是一厢情愿的“认识”，不过想要走到他们眼前去，比起一封书信隔山海的时代，也还是容易太多了。

当你选择了一个目标，甚至不需要深入他所在的行业，因为各行各业的尖端都是相通的，即使你要见美国总统，也不需要先移民然后进入政界，只要成为知名的随行翻译，多参与赴美业务就有机会。

举例来说，我身边的朋友是个服装设计师，因缘巧合，她一整个团队都受到了斯洛文尼亚总统的接待，沙西米想接近的不过是娱乐圈的一线流量明星而已，比起总统可要容易多了。

沙西米并没有花一百万整容，只花了十二万三千五，她换了脸后，立刻签约了一家网红经纪公司，然后不断通过一个又一个的网红去认识更频繁接触演艺圈人士的朋友，并放出话去，她是男三的死忠粉丝，这辈子最大的心愿，只想见他一面。

很快地，就有朋友发来邀请，说是男三在演唱会结束后要去夜店里放松，为了让场子更热闹，还需要几个人——具体来说是漂亮的女人，但不能是从事“特殊职业”的女人，也不能是演艺圈的人——她立即连夜飞去了上海。

那场 party 里，男三并没有被人山人海困住，这是很奇妙的一个现象，非常受欢迎的公众人物，在人群里时，其实没有太多人敢贸然上去搭讪，大部分人会潜意识地将自己设定为“骚扰者”——他应该很想放松一下，喘一口气吧？我还是不要去打扰他了。

沙西米没有这样的自觉，她无视所有人嫌恶的视线，径直走到男三身边，热情地与他攀谈，最开始他一直冷着脸，三五句话也只回应一个“嗯”字，渐渐地，便话多起来，最后甚至耐不住她的央求，交换了微信。

我做作地鼓掌道：“你简直了……应该出本书，就叫《想要偶像的电话？我教你怎么做》，估计能再版三次。”

“很简单，让他知道你有多迷恋他就行，仰望他。”沙西米说，“没有人能抵挡得住，被别人迷恋的感觉。”她耸耸肩，似乎在说一件尽人皆知的事情：“大明星也不行。”

确实曾经有一篇科学论文说过——“A会因为B对他的迷恋，而越来越在意B，甚至爱上了B，即使没有爱上，也会比其他人更加在意B。”——大致是这样的意思，我看后恍然大悟，我就是那个会因为对方爱我，而陷入这种“温柔乡”，逐步变得依赖，最终爱上对方的人。

男三还没有爱上沙西米，也许是因为她对他的迷恋还不够，又或许是因为迷恋他的人太多了，她的迷恋被对比得不是那么狂热，当然也可能是因为他需要的能量比一般人更多。

有的人一生只需要一个人的爱就知足了，有的人却需要两三个人的才满足，于是禁不住要去劈腿，而有的人则需要千百万个人的爱才能填饱，毕竟选择演艺事业的人，就是希望被许多人记在心里，没有上限，越多越好。

沙西米和男三上过四次床，最后一次时，她察觉到他开始感到腻味了，于是趁着他熟睡时，拍下了和他的侧颜合影，这一夜过去后，果然他不再主动联系她，每次聊天都不咸不淡地敷衍了事。

不进则退，沙西米于是把照片发给了她的朋友，并叮嘱她“不要外传”。然而，这个做主播的朋友，是绝不会放过这个热点的，果然没多久，这张照片就被泄露得到处都是。

“他又开始找我了，求我不要接受媒体访问，我当然不会，如果我站出来承认和他的事情，那我们就彻底完了，他不会再见我。”沙西米得意地说，“我不会让他用一个声明就和我划清界限，我也不要他的钱，我对他哭，说我真的爱他，最开始他骂我胡搅蛮缠，我就不断说我有多爱他，我愿意永远躲在他身后的影子里。”

“所以你们现在和好了吧。”我料想，“他本来也不讨厌你。”

“他现在开始哄我了，以后我们会继续偷偷摸摸地见面。”

她的嘴唇紧紧地抿着，两边的嘴角同时往上吊起，我猜这是意味着她现在感觉很幸福的笑容。

沙西米歪着脖子，垮着肩膀，慵懒而满足地说：“我沉迷于仰望的感觉，像是喜欢着月亮，你知道自己摸不着，所以这辈子都可以以它为目标，得不到对我来说就是永恒，一旦我得到他了，他就从神坛上走下来了，我不需要一个普通人，我需要的是月亮。”

琉玄　| 上海最世文化发展有限公司签约作者

已出版作品：《宅不宅之暴走香港》《宅不宅之玩转东京》《东倾记 · 神启》《东倾记 · 啸世》《你可以爱我》《妄劫歌 · 轻雷》《妄劫歌 · 灵机》《北京人在北京》《北京人在北京 · 煮海》《北京人在北京 · 沸雪》《光与专属少年》《花与灼眼之爱》《夜与极昼恋人》《琉言 · 第一条》

◎ 写作是反复撕裂再愈合，没有解药，不过咖啡是我的黏合剂。

夏无觞 / ILLUSTRATION

沙砾水晶

TEXT

—

余慧迪

“少年哀乐过于人，歌泣无端字字真。”

— 龚自珍《己亥杂诗》—

我高中时念的是市里最好的学校。教师之间的竞争激烈程度不亚于学生。对他们之中的佼佼者来说，高考全班英语平均分达到一百四十分已经不是稀罕事，比起平均分，手下的哪一个孩子会成为状元似乎是他们更关心的问题。这样的环境下，一些人眼中的势利眼，同时也可以是另一群人眼中的慈母益友。

由于在初升高考试中撞了大运，我得到了入学时挑选班级的机会，一共三个选择：数理班（两个）、生化班和中英班。我选择了中英班。时至今日，我依然相信在我有限的一生里，在那一年，我遇到了最好的老师。

她名字里有个粤字，却不是本省人。第一眼见到她的时候她刚刚生产完，腰腹还留着痕迹，然而面庞却让我惊艳了许久。在那个大家都素面朝天，既不知美妆也不知美颜相机的年代，我始终无法把眼睛从她身上挪开。精致的巴掌脸和大大的杏仁眼，眼波流转间充满了慧黠，不仅写得一手隽秀清逸的楷字，而且普通话悦耳动听，完全没有南方嘈杂的口音。于是，在第一周所有人都摸不清彼此底细的时候，我急不可耐地举手为自己报名参选语文课代表，并如愿以偿。

别人的青春里有青涩初恋，有全优报送，有话剧表演，有体育比赛奖牌，而我狼狈仓促的学生时代，似乎只和语文科目有着难分难解的故事。她是聪慧的、灵敏的，没有半点架子。然而越是人缘绝佳的人，越是难以获得她那份青眼有加的特殊待遇。而我一开始就打定主意，要成为她的得意门生。那时候我的骄傲突破了天际，第一次摸底考试就考了年级第一，但还不够。那一整年，我一下课就往办公室跑。不可否认，喜欢往办公室钻的人内心都是虚荣的。第一，说明你至少有一门成绩还不赖；第二，至少有一个老师不讨厌你；第三，能够自由频繁出入办公室似乎已经成了一种特权的象征，只有两种人，要么是模范生，要么是交得起昂贵赞助费补课费的人。

现在回想起来，当时的她一定也用过现在的我的眼光，好笑地看着那时的我卖力地表演。每一张卷子上的作文，每一篇应付式的周记，都已经分不清是为了证明给自己看，还是证明给她看。对语文单方面执迷不悟的付出，让我在高一期中考的时候，除了语文成绩没怎么变化以外，总分从年级五十多名垂直掉到了三百多名。这个结果，我是可以直接被踢出属于“特权阶级”的重点班的。事实上，那时候班主任也不太再管我，因为待在“中英班”的我英语只有可怜的九十几分，而数学物理几乎就没有及格的时候。期中考过后，前三百名的人被召去礼堂开会。属于重点班的一层楼里就只有零零星星三五个人，在教室里坐了一下午，我就是其中之一。

在数次令人狂躁的数理课补习之后，作文愈加成为逃避现实的治愈良方，我把时间全都用在了写周记上，并且疯狂地铆足劲要引起她的注意。应试作文早已不能满足我，成诗也不算什么，还要写成通篇押韵；也写古文，写过通篇只有一个拼音的长文；写回文，写除了爱情以外我能想到的各种题材……每一篇周记字里行间都写着："快看我！快看我啊！"——后来，回想起我和同样身为语文教师的母亲十几年的冷漠隔阂，我开始逐渐理解她对我适可而止的关怀。我投射在她身上的孤注一掷，早已超出了一个学生正常应索取的份额。

她用娟秀的字给我写评论。我还利用课代表职务之便偷偷翻其他人的周记，对比每一个评论的长度。很多人只能得到一个"阅"，另一些人能得到只言片语的评价。如果她给我的评价多到只能翻页写下去，下一次周记我会更加挖空心思；如果有人本子上的红字比我的还长，我会一个个字地看完，然后愤愤地想有什么了不起。当时隔壁班有一个被我视为对手的女孩，是个拥有一头水光油亮的长发和一个男朋友的全优生，也是他们班的语文课代表。那时候，最好的师资资源都是"互通"的。但因为早早被划分了"属性"，因此老师带不同班时的授课难度、花费的时间精力也会不一样。但她对中英班和生化班的感情却公正得无可挑剔。我们有的资料他们都有，她对我们的要求也是对他们的要求，就连周记，她也读得一样认真，并且常常在我们班表扬对方的进步、张贴对方的范文。

我从未与任何人说过，但实际上一直暗地里在跟那个女孩较着劲。又因为我们两个都是校文学院的成员，正在竞争部门领头的位置，所以那段时间我一直在焦虑当中。在一次惯常的办公室拜访中，她正好有事出去了，我像往常一样准备抱起她桌上的一摞笔记本，却看到了另一摞本子，最顶上一本，是那个课代表的名字。

如同谍战片似的，我神不知鬼不觉地把那个本子拿到我抱着的一摞里，然后飞快地窜回教室，小心翼翼地打开。那个女孩写的原话我已经记不清了，只记得大意是"为何我总是比不过她（从语境里看是指我）"。我又悄悄地把本子送了回去，塞回那一摞的中间，感到了久违的心定。

她课讲得好，又极受欢迎，连数理班的人也喜欢捧着本子来找她。她讲《长歌行》时会放林俊杰的《曹操》；讲到叠词，又点开了《江南》，一句一句地评析歌词的艺术手法。我从课本里发现了一首《长相思》，并迷上了纳兰性德。没多久她开了一个类似小讲座的课堂讲纳兰。她讲《木兰花令》，讲“人生若只如初见”。在那个时候的高一学生眼中，无异于天外之音；而在我眼中，她就是潇湘仙子无误了。一个外班的男生站到凳子上跟我叫板，吵得连走廊上的人都探头进来关注发生了什么事，她在一旁笑眯眯地看着。后来，那个男生和我在三个月内经历完冤家斗气、相知相惜，而后又割席断交之后，她给我读“不信道，遂成知己”。然后是“一日心期千劫在，后身缘、恐结他生里”。

我总觉得自己之于她是不同的了。我笃信自己在她眼里是不同的。

直到发生了一件莫名其妙的小事。有一天，班上一个女生没跟任何人打招呼便休学了。放课后，在空荡荡的教室里，我看着那个女生清空的座位，听她说那女生因为脆弱的神经无法跟上紧张的学习进度，不得已回家休息。我心中充满了哀怨，高中生活对我来说何尝不是万分艰难。突然间她没来由地，说了句：“她就像水晶一样。”停顿良久，“而你，你是一块埋在沙砾里的水晶。”

我攥住她的话不放，非要索取一个解释。但是她面露难色之后，迟迟无法给出。而“沙砾”就这样成了我心上的沙砾。每当我想起，原来一个默默无闻的、走了都没什么人注意到的女孩才是她心目中最纯粹的宝贝，她视对方为晶莹剔透的水晶，而我在她心里却裹挟着粗糙和泥泞，就始终想不通，这让我觉得无法忍受。

在后来的日子里，我听从父母教训，听话地加入了数学补习班，利用一切时间学数理化英……成绩终于慢慢慢慢有了起色，我甚至满足于写八股应试文。

在高一学年的最后，她来跟我告别。按理来说，她带了我们这届，是要带三年的。但她要离开这所最好的学校，去一所职高。按理我当时应感到蹊跷，但那时候我正好在经历一段极其艰难的日子，生命中许多尤为珍贵的人一个接一个地离去，她无意中选在一个错误的时刻，我几乎是大发脾气地完成了跟她的告别。

上了高二，我没能留在原先那个等于是“高考直通车”的班，语文老师也换成了一个油腻腻的中年男人。我几乎没有再听过一堂语文课，但周记本上的红字评论却一直很长。

很久以后，我才突然间从某处听到，那个夏天里她遭遇了派系斗争。我高中时念的是市里最好的学校。教师之间的竞争激烈程度不亚于学生。对他们之间的佼佼者来说，班级平均分上一百四十分不是什么稀罕事，带出状元也不是，但走上管理层岗位却是。

知道了这点之后，我急急忙忙地跑去找她，憋红了双颊双眼，说：“我给你看一样东西，你不可以看内容，看封面就好。”

然后我把紧紧捂住书皮封面的手拉下来一点。上面用铅字印着：余慧迪 著。

她眼圈也红了，转身离开。不知道过了多久后又回来，手里拿着一张小纸片。她从我手里拿过书，笑着说“我保证不看”，然后把纸片夹到了内页里。然后微笑着跟我说了些前程、未来之类的话。那天教室里还是只有我们俩，还有七月流火般的夕照。

直到她的身影消失在余晖当中，我才擦干泪水，低头翻开夹着纸的那一页，读到了她手写的龙飞凤舞的小楷：

少年哀乐过于人，

歌泣无端字字真。

余慧迪 | **上海最世文化发展有限公司签约作者**

已出版作品：《北城以北》《万能胶片》

◎ 电影人。文字游戏爱好者。自我介绍恐惧症。

夏无觞 / ILLUSTRATION

他和他的海市蜃楼

TEXT
—
曹小优

“相知何必旧，倾盖定前言。”

— 陶渊明《答庞参军》—

我从来不敢说，园子温这个名字在日本导演界特别响亮。在日本电影日渐萎靡的今天，很多日本人已经不看本国电影了。尤其是年轻人，除了初高中生还守着每年东宝发行的几部少女漫画改编的电影，大学生或者社会人都只对好莱坞大片有兴趣。崇洋媚外这一点，日本人可不输给别人。而在“邦画”（日本电影）逐渐成了残羹冷炙的今天，享誉海外的日本导演并不多，园子温算其中的一个。

几年前起，我开始为国内某本电影杂志写日本电影的专栏。每个月新上映的电影都会挑几部看一看，但始终没看到园子温拍的那样，会让我的心怦怦直跳的、热血沸腾的东西。人们在日本电影节上称他为“鬼才导演”，顾名思义，偏离大众审美的出其不意，在他身上展现得淋漓尽致。

看的他的第一部电影是《爱的曝光》，长达四小时的影片，我始终不相信自己能够看完，搁置很久之后才鼓起勇气播放，然后就一发不可收拾地沉迷其中，来来回回反反复复看了十几次。我不记得击中我的是什么，是乖戾却纯粹的感情，还是无厘头带着偏执的爆发式的情感宣泄，或者都是。他很明显地区别于日本其他导演，什么含蓄，什么优美，在他电影里都不见踪影。他创作的是宣泄，是暴烈，他镜头下的情感像一条笔直的河流，横冲直撞。若要比喻，像是迷药，想要触碰却不敢亲近，一旦深入发肤，便永生难忘。

第一次和他见面是在涩谷松涛附近的一个摄影棚，当时的我肩负着为他做专访的任务，单枪匹马地扛着五斤重的单反相机，工作证没有，录音笔也没有，唯有一张薄薄的名片，头衔是“作家”。我怯生生地走到他面前，直瞪瞪地看着他做自我介绍。他打趣地说：“见到漂亮的人心情就是好。”立刻打破了我们之间沉默的冰山。

做完专访，我在回来的路上一直在想，人在表面的人格可以伪造，但作品无法说谎。他的谈吐和他的作品一样，真诚、直接，看似鲁莽，实则温和谦让。那样的温柔是有硬度和棱角的温柔，不是眼睛弯弯笑眯眯的，是在对人性有着深刻的感悟和了解的基础上，给予最大限度的理解。同理心，同情心。

他说他从来不找所谓“专业”的演员，而是找各行各业的一些“新人”来碰撞出化学反应。吉高由里子是他一手挖掘的，满岛光同样。大概他的大脑并没有被传统的条条框框所限制，所以镜头才能那样有冲击感。初中的时候，他曾裸体去学校，因为不明白为什么去学校需要穿衣服。

等待他的，当然是留校察看和严重的处分，但没有限制住一位天才的诞生。

在国际上斩下无数包括戛纳在内的电影奖之后，这位鬼才的成绩终于得到了认可。开始有《新宿天鹅》那样的商业片找他执导，明星的豪华阵容将票房牢牢确保。然而某次，他带我去看一个展，路过新宿的歌舞伎町，我提起《新宿天鹅》的时候，他却说：“这种垃圾影片不用看了，垃圾。”我惊讶于他的直言不讳，毕竟这是他自己的作品，但转而又确定，这样的他，的确是那个我非常尊敬的导演。

那个夜晚我当然不会忘记。是去年的秋天，11月末的某个周六晚上，他忽然在LINE上对我说，和几个中国电影业界的朋友在喝酒，要不要一起来。我想也没想，就冲出了门，顾不得身体的不适，只觉得太多话想和他说。在新宿的某家居酒屋，他和他的朋友们正聊着和电影无关的一些琐事，提到染谷将太，我说：“你好像特别重用他，是因为他演技特别好吗？”他摇摇头说：“和演技无关，这家伙是真心想演电影。他还是个初中生的时候，为了出演我的电影，每天蹲在我常去的酒馆门口，一等就是半夜。我就是喜欢这样纯粹的、对艺术充满了热情的人。”

后来他带着我们一行人，去歌舞伎町的某栋三天后就要拆掉的楼里，那里正在举办一个艺术展。主办的艺术家是他的老友。去的路上，他对我说：“在我眼里，艺术这件事不分高贵和低廉。我的朋友们是一群看上去像是不良少年、边缘人士那样的人，但谁说这样的人就不能搞艺术呢？艺术不是那么做作的东西。”我转过头去看他，花白的胡楂跟头发，远远看去，就像人群里最不起眼的一个日本大叔。谁也不会想到，这个人拍出了《庸才》《地狱为何恶劣》《自杀俱乐部》，还有一系列国际上大获好评的电影吧。对他来说，出名也好，票房也罢，无非是为了做自己想做的事情而付出的一种等价劳动。

后来我才知道，他将这些年的收益，全部拿来自费拍了一部隐射“3·11”大地震后核爆题材的电影《悄然之星》，不知是为了节约成本，还是只想让最了解自己的人来诠释，主演是他的太太神乐坂惠，全片没有一句台词，上映的影院寥寥可数，而每一帧都让我住进了他的情绪里。我知道他想表达的东西，更知道他的不完美，正是因为这种了解，让我洞察到了连接我和他内心深处最为宝贵的一部分。我知道你懂我，而我亦明白你想说什么。

那天我将我的第一本长篇小说《你看见我男朋友了吗？》送给他，告诉他，这本书的创作女神是《爱的曝光》，因为洋子口中那句“透明的战争”，才有了这本书的主题。他很高兴，嚷嚷着让我快出日文版。我开玩笑说我的心愿是，让他拍我写的作品，然后一起去奥斯卡走红毯。他哈哈大笑，叫我赶紧加油，在他还能穿进燕尾服之前。然而我知道，奥斯卡才不会是他的梦，走红毯也不是他的理想。他没有想要在所有人面前闪闪发光，只是想拍自己想拍的东西，写自己想写的故事。

我问他，如果重来，想做什么呢。

他说，作家。

我不解，他说，作家可以创造任何一个世界，好比我要写一个美女，导演要考虑选角，我选的演员或许别人不会觉得美，然后大骂说这导演怎么想的，太麻烦了。作家的好处就是能让人有无限联想，自然而然，文字和读者的思绪就连在了一起。

竟然是如此理由，我失笑，却也理解了他一路上的苦衷。之后，园子温导演开始和其他导演聊起某部电影的结局，他说："最后一个镜头，主角应该不会转身的。不转身，然后听到了身后的脚步声，他来了，或许没来，留给观众想象。"

听到这里，我没有插话，却暗自会心一笑。我没有告诉他，其实他手里这本我的小说的结局，和他刚才描述的一模一样。对一段情感的处理，我们竟然有了不谋而合的想法，不知道这算是我被洗脑，还是算心有灵犀。

从那时起，我开始察觉，我们所喜欢的人事物，其实都是自己潜意识中的代言者。他们替我们说出了我们想说的话，想表达的事，所喜欢的人，所想过的日子。是这样一种"相同"，像脐带一样在世界的某处将我们紧紧相连，这样的喜欢并非偶然，并非来自浅薄的外表或是虚伪的装点，它让我们知道，这世上终有一个人，和你一样痛苦幸福，揭开盖子后，看到的是同样的内核。

想起一句话，真正站在顶峰的人，不向人谄媚，不同人比较。我想，就是这样专注自我的姿态，才让他们生机勃勃又充满魅力吧。那些用电影画面所建造的世界，是海市蜃楼，却为我投射过最真实的关于美的想象。美不仅仅是美好、是温柔，美是暴烈、是残缺，更是悲伤。我们很早就该明白这一切。

曹小优 | 上海最世文化发展有限公司签约作者

已出版作品：《你看见我男朋友了吗？》

◎ 人生是一场透明的战争，而我以字为枪，以爱为生。

夏无觞 / ILLUSTRATION

你喜欢什么味道?

TEXT
—
陆俊文

"故人江海别，几度隔山川。"
— 司空曙《云阳馆与韩绅宿别》—

“大陆也有凤梨、龙眼、芭乐吗？台湾的梅花鹿和猕猴、羊驼很多呢……哦？原来台北故宫里的东西是从大陆运来的！啊，福建人也会讲闽南语啊，哇……”

通识小组课上，我的搭档林奇，一个二十岁的台湾女生瞪大眼看着我，作为全班唯一一个大陆生，我的口音像珍稀动物一样让大家产生了好奇心。

这里不是台北大都会，而是台中远郊的大肚山麓，没有西门町不夜城的繁华喧嚣，也没有东海岸吹拂而来太平洋温暖的风，这是歌词里唱的，公交车一小时来一趟的“不毛之地”，一所天主教会大学，一个由女校改建而成的地方。

台湾刚刚开放陆生留学政策第二年，我就以身试法漂洋过海，雄赳赳气昂昂想成为拉近两岸关系的爱心使者。结果一落地，看到报纸和电视节目铺天盖地地播着“大陆客所到之处一片狼藉，几百个椰子壳随手乱扔”的新闻，我就尴尬得无地自容了。课堂上最怕老师点名，一站起来就有几十双耳朵齐刷刷地等着我特立独行的大陆腔。为了更深地打入组织内部，我每天刷 YouTube 上的台湾综艺节目勤学苦练，经过我苦心孤诣地模仿，我以为自己的台湾腔已经学得炉火纯青了——每句话的结尾加一个语气词“嚯”“了啦”“嘛”，时不时来句“靠幺”“靠杯”。结果还是被林奇同学无情地戳穿。

“你的舌头好有趣欸，你们是怎么发出‘这儿’‘那儿’的‘儿’呢？”

装 × 失败，但意外收获了我在台湾的第一个朋友——林奇。

她读的是化妆品专业，孤陋寡闻的我第一次听说这种专业，还以为她只是和我开玩笑，但当我看到她放在包里的课本和那张精致得像陶瓷娃娃一样的脸时，我才开始相信。对，她就是电视节目里那种爱美爱得不行的台湾女生，吹弹可破的皮肤，扑闪扑闪的大眼睛，还有永远不重样的头发造型和每次上课一定会放在桌子右上角的超大杯珍珠奶茶。她真的是台湾偶像剧里面那种单纯得无忧无虑的小女生，她看见我，就像一只小白兔认识了小浣熊，伸出没有指甲的爪子轻轻试探，发现我其实也没那么凶神恶煞，就开始活蹦乱跳。她说我的黑眼圈就像小浣熊一样夸张，我反唇相讥，明明没有时差，我却每天被大家带着节奏凌晨三点多入睡，早上八点钟爬起来。林奇露出酒窝和虎牙，甜甜地说：“台湾大学生的日常就这样啦，哈哈哈。”

我们认识后，我才真正有机会去见识台湾的夜市。她突发奇想要吃“逢甲夜市”的章鱼小丸子，于是便开机车载着我狂飙一百码从郊区开到遥远的西屯。下车的那一瞬间，我愣愣地看着林奇，刚刚那个爆发小宇宙的飙车狂人真的是眼前这个瘦小甜美的姑娘吗？林奇摘下头盔，冲我吐吐舌头：“好久没载人啦，所以是不是开得太慢了？”

“你不是开得太慢了，你是开得太投入……”我们把车停好，就钻进夜市路口拥挤的人潮里。棺材板、大肠包小肠、甜不辣、蚵仔煎……无论路过什么，林奇都，执拗地冲往荣记章鱼小丸子。横幅和广告让人眼花缭乱，招牌前有很多老板和大小明星的合影，还有美食节目采访的循环播放。我们排了半个多小时终于抢到了一盒六颗的章鱼小丸子，我问林奇为什么不多买几盒，把时间成本赚回来。她专注地吃下两颗后，用一种满足而惊喜的表情说实在太好吃了但是吃撑了，让我努力解决剩下的四颗。我愣了愣再次震惊地望向她，这饭量，也太“袖珍”了吧。林奇突然一本正经地问我，她可不可以明天再把刚刚我付的钱分一半给我，今天钱包落在学校储物柜了。我挥了挥手说：“当然我请你啊，这么一盒小小的章鱼小丸子难道还要和你算钱吗？”

她“哇”了一下，表示从小到大第一次被男生请吃东西。之后，她拉着我穿梭在迷宫一样的夜市里，她负责挑，我负责吃，三四个小时下来，我俩耗尽体力。

“台湾的臭豆腐没有长沙的好吃，回头我带你去长沙。”我瘫坐在路边，吃下最后一块臭豆腐，打了个饱嗝。

林奇不相信，她说臭豆腐是台湾人发明的，怎么可能长沙的更好吃呢？我忍不住要给她讲历史课，台湾臭豆腐是1949年后湖南老兵带过去的，经过改良才成了今天的样子。她还是不肯相信，也不愿承认，见我咄咄逼人，她只能生闷气。我只好哄她说：“不过台湾臭豆腐配泡菜吃口感还是蛮特别的啦！”

她依旧愁眉苦脸，不发一言。我们两个尴尬地回去取车。直到她开机车把我送回学校公寓楼下，她才终于忍不住问了我一句：“臭豆腐真的是长沙老兵带过来的吗？台北故宫里的文物也是从大陆运过来的？”

我看着她那副忐忑不安的表情，摸了摸她的头说：“对啊，这些你们历史书上都没有吗？”

“你又不是不知道，我的语文和历史很差的，平时知道些什么，也都是看电视节目和新闻。”她越说越小声，最后轻轻说了句，“我爷爷是大陆老兵，可是他说的话我一句也听不懂，他只会说河南方言，河南在哪里？离北京远吗？”

我点点头，她又很害羞地说：“下个月的期中论文，你和我一组好不好？”

“好呀，我还担心你不愿意呢……那，我们下次课见咯。”

我们分别后，正好迎面撞上了我的几个室友。他们也是和我一起从大陆来的学生，用非常夸张的表情模仿我的语气：“那我们下次课见咯……你和我一组好不好……哎哟，我去，厉害了呢，这么短时间就泡到了一个台湾妹，啧啧啧。”

“瞎说什么，通识课的同学而已。”我的脸瞬间就红了，任凭我怎么解释，他们就是不相信。

来台湾没几个月，我就对那里的食物产生了疲倦。夜市里的食物看上去品种丰富，可其实来来回回就是那些味道，吃个两三次，就让人没有胃口了，也难怪林奇每次都只吃一点点——为了保持自己对食物的热情。

为了应付即将到来的期中考试，我们全寝室都把东西搬到了图书馆，正巧，图书馆也把开放延长成通宵，里头的人大有干上三百回合的热情，头悬梁锥刺股。奋战到凌晨三点是一个关键的时段，此刻大部分人都是精神依旧亢奋，身体已经颓丧，要开始补充能量了，夜宵小分队开始杀出重围，图书馆瞬间人去楼空。

机车党大批出动，一时间，校门口轰隆隆上百辆机车接连出行，学校对面的夜市是收摊了，但夜市不远处的夜宵一条街倒是灯火通明。

打《消消乐》打得入迷的林奇在拿到一颗大钻石后终于缓过神来，她呆呆地望着我："哇，论文居然写一半了，小浣熊你好棒耶！我请你吃夜宵！"

小浣熊？我撑着我重重的双眼皮从一堆论文材料中把头抬起来："盐酥鸡我已经吃腻了，豆花和仙草也不要再吃了……"

"还有一家，你绝对没吃过的！"林奇露出神秘的微笑，"走啦！"

她开机车载我，经过那条灯火通明的小吃街，没停下，继续开到街尾小巷的一个角落，写着"何伯豆浆"。

"折腾半天，就带我来吃豆浆啊，还以为有多特别。"

"哎呀，坐下吃了才知道嘛！"她拉着我找到靠边的一张空桌子坐下，"阿嬷，豆浆油条，两份哦。"

那个老婆婆站在一边微笑着点点头。

"你叫她阿嬷，你们是亲戚哦？"

林奇摇摇头："何伯是我外公的战友啦，他们的店以前开在彩虹眷村，后来搬迁到附近。"

说到一半，林奇就钻到后厨去帮忙，热腾腾的豆浆一上来，我就忍不住先喝了两口。

"怎么样，有没有觉得很特别？"

我愣了一愣，舌头触到的这种甜味剔透得没有一点腻，不像一般单薄的口感，入口就有一种绵密的流畅感。

"是加了什么特殊的作料吗？"我问林奇。

她卖关子似的，什么也不肯告诉我。

“油条来啦，你得蘸着豆浆吃。”

“那岂不是都泡软啦。”我说着她就已经帮我蘸到豆浆里了。我气鼓鼓地看着她，狠狠咬下去一口，没想到，这油条非但没有变软，反而有种Q弹的嚼劲。

“怎么样，是不是很特别呀？”

我点点头：“这是怎么办到的？”

老婆婆快要走近的时候，林奇冲我做了个嘘声的手势。

老婆婆笑起来眼睛弯成月亮，她冲林奇说了几句闽南语，我没太听懂，林奇发出笑声，连忙说：“无啦，无啦！”这句简单的我听懂了，林奇在说——没有没有。

吃完油条后，林奇和阿嬷打了声招呼，我们就取车回去了。

我问林奇，刚刚老婆婆问她什么，她一直在说“无啦”。她害羞着没回我。我又问她：“这豆浆是何伯做的吗？何伯今天怎么没来？”

林奇告诉我说，何伯很早就去世啦，他们的店还开在彩虹眷村的时候何伯就先走了。后来是阿嬷一个人把店开到学校旁边的。以前这里还是女校，天主教会管学生可严了，但是阿嬷那时候还在读书，就跟何伯谈起了恋爱。阿嬷是本省人，家里的人都很担忧，不想让她嫁给何伯。何况何伯又是从大陆过来的军人，听说在大陆那里还有妻子，现在回不去了，指不定以后什么时候反攻回去就会抛下她不管。但阿嬷还是没听劝，还读着书呢，偷偷恋爱，约会，居然怀了何伯的孩子。天主教会学校哪里出过这样的事，学校决定让阿嬷退学，是当时的修女珍向校方求情，还写信给主教，才让阿嬷得以留下来。后来她跟何伯在一起，何伯总算没有负她。只可惜人走茶凉，一生什么都没有，就留下“何伯豆浆”这么一块牌匾。

“那他们的豆浆一直都卖得很好咯？”

“也不是的，一开始他们的豆浆也很普通的，后来何伯眼睛结翳，他当年打仗本来眼角就受过伤，很容易感染。两眼看东西时常常一黑一黑的，但是他怕阿嬷担心，就一直瞒着她。不知道哪天眼前一片模糊，又要赶早开店，对店面都熟悉得不得了了，摸黑都能操作，可就是偏偏把黑豆和黄豆混在一起没分出来，搅拌的时候又落入了一小袋玉米粉，才阴错阳差做出今天这种味道。后来阿嬷就自己打理这家店，搬到了学校附近，为了怀念当年。”

“那这油条的味道……”

“嘻嘻，你吃不出来吗？我最爱吃的章鱼小丸子呀，里面有魔芋，是我试着放在油条里的，没想到口感还蛮特别的嚯。”

“没想到你还是有点用的嘛，那论文写到台湾民俗这块，就交给你啦。我好困，补个觉，明早起来记得交上来。”

“喂喂……”

林奇抱着一堆资料趴在书桌上仰天长叹，我看着她委屈的模样，忍不住笑了出来。

赶论文的那段日子我们每天都去给阿嬷的豆浆店捧场。这门课结束后，我和林奇各自忙着课业，联系渐渐少了。但只要一提到何伯豆浆，我和林奇便一拍即合顶着黑眼圈去那里。豆浆取代了奶茶和可乐，我们逛街看电影趴在教室的书桌上，手里拿的都是何伯家的豆浆。

后来好多个期中期末，好多个肚子饿得咕咕叫的夜晚都是在那里打发掉的。虽然我始终听不懂阿嬷的闽南语，也从来分不清豆浆里的味道到底是什么和什么，但那种味道，却牢牢锁住了我迟钝的味蕾。

我和林奇的友谊，在我学业结束回大陆的那一刻变得凝重起来。分别是注定的，只是没想到我们相处的时间这么短暂。

办完注销那天，我又和林奇一起去喝了最后一次豆浆。那次没有再开机车过去，我们两个人经过学校的教堂，一路缓慢地走过去。那天的豆浆却意外地没有一丁点味道。

我问：“阿嬷今天是不是换了做法？”

林奇努力挤出微笑：“哪有那么多种做法啦。”

“难道是我失去味觉了吗？哈哈哈。”

林奇没有接话，而是认真地望着我：“你记不记得我们第一次来的时候阿嬷和我说话，你问我为什么一直说‘无啦’？”

我点点头：“所以阿嬷那时候问你什么呀？”

林奇笑了笑：“她说，这个大陆小伙子看上去还蛮老实的嘛，老实点也好，像何伯一样，说句谎话都会脸红。就怕花言巧语的那种，骗走人心。”

我俩对视着，我尴尬地摸着头笑了笑，不知道该怎么回应她。

那一瞬间，我的脸突然涨红起来，耳朵也特别地烫。

林奇欲言又止，最后就剩一句：“小浣熊，你的黑眼圈什么时候才能消下去呀……早点休息，明早还要赶飞机。”

我窝囊地点了点头，揉了揉眼睛。

醒来的时候，室友们又开始调戏我说，艳福不浅啊。桌上是林奇准备的豆浆和一封信。

我在过安检的时候匆匆把豆浆喝完了，那味道没变。直到飞机起飞我才开始读那封信。

林奇告诉我，其实哪有那么多阴错阳差的传奇故事，何伯家的豆浆，不是什么黄豆黑豆混着玉米粉调出来的，而是每个盛豆浆的人自己往里头加调味料。她也是第一次给别人调，分寸拿捏不好，却偏偏对上了我的胃口。以后每次，她都那样往里面加整整两大勺蜂蜜，甜味丰盈饱满，掩盖了其他味道。

她最后在信里问我，长沙的臭豆腐真的比台湾的好吃吗?

我看完信笑了笑，看着机舱窗外一望无际的云海，想回她，好不好吃，总得试一试才知道。可我对着窗口自言自语后，我发现自己已经没机会这么当面告诉她了。

我舔舔嘴唇，想努力留住舌尖残余的甜甜的豆浆味道。

陆俊文 | 上海最世文化发展有限公司签约作者

已出版作品：《咸咸海的味》《南安无故人》

◎ 还好有写作，能让我记录人生，也指引我走向那些未知而迷人的世界。

夏无觞 / ILLUSTRATION

择期再会

TEXT
—
王一

“君埋泉下泥销骨，我寄人间雪满头。”

— 白居易《梦微之》—

我是临时跑到柬埔寨的，没带多少钱，为了省钱住家庭旅馆。没有空调，降温只靠一个吱嘎作响的小电扇。

房间里潮热，蚊虫横飞。我住了几晚，终于忍无可忍，动身去白马的前一天，下楼问了主人家最近的华人超市在哪儿，穿着灯笼裤趿拉着人字拖奔了过去。

2013年金边的雨季似乎特别地长，10月都还未收尾。雨水将停未停，植物早已葱茏。一路上傍晚的阳光好似蚊蝇，从墙角砖缝的零星草丛中乍起，扑面而来，无处不在。

偶尔有僧人穿着土黄色的僧袍，沿路边缓慢地走。他们不知从什么时候来，也不知要走到什么时候去，在这片充斥了叨扰的昏黄图景里自顾自流动。

我买完花露水，拎着塑料袋子就近找了一家路边摊吃海鲜烧烤。我吃不太惯丝苗米，太干了，臼齿好似在研磨一腔子琐碎心思。这时人人网消息提示音响起，老八给我发私信问我在不在清华，说今天北斗在706青年空间组织活动，要是有时间的话就见一面喝喝酒。

“不在啊，我知道今天有读书会。松子没有跟你说吗？”我漫不经心回复，“我在柬埔寨呢。”

“甚是可惜。”他答道。

我不禁失笑。老八说话很是文雅，甚至太过文雅了。曾经一起吃饭，在座除了他都是本科在读的朋友。我们其他几人之间，都好似过分亲密，又好似纯粹只是朋友。他听我们调笑之间开了几段暧昧玩笑，事后跟我说，你们这样的行为不合法度。

我听完差点没有憋住笑——居然还有年轻人用“法度”这种词！

况且这世上法度太多，我只需要合我自己那一个。

他见我没有回答，又问我什么时候回北京，有空出来喝酒。

我说：“你不是才治完病吗，还喝什么酒？”

这次老八换了微信发语音给我，听声音也是在大街上：“我现在在医学上是无病生存期——可以说是抗癌成功了吧。”

我听他说话轻松，心里也替他开心，嘴里虽然依然习惯性地要扫他的兴：“不管怎样，化疗七个疗程，难免也太长了。况且胃癌这个事情啊，还是少喝点酒吧，多多保养，免得复发。”

老八没有继续这个话题，大概是觉得我这样对大病初愈者说话犯了什么奇奇怪怪的忌讳。自从患了重病，他对鬼神之事便有些讳莫如深。对于这种做法，我暗地里有些轻视，便总要去刺他一下。他也不生气，只是转了个话头：“你现在在金边还是暹粒？”

“我在金边啊。”我回答，“暹粒和大小吴哥我都去过了。明天去白马，之前交换认识的朋友在那儿买了房子。正好他也在这边度假，邀我去玩一趟。”

“我倒不知道你还有柬埔寨的朋友。”

“就是普通法国人啦。”我笑道，“那里的旧别墅不贵的，买回来自己重新装修一下，就能当度假房用了。”

“然而柬埔寨去个一两趟就是极限了。更何况白马那种地方，有什么置产的必要。”

我知道再说下去就又要变成“平民有没有浪费的权利”这种辩论。我只擅长诡辩，却不愿同人争辩，于是只笑一笑，说我现在吃饭呢。

“你是在Malis（金边当地餐厅）吃饭吗？我之前去柬埔寨的时候觉得只有这家尚能入口。”他竟还有话可以追问。

“是啊。”我不是虚荣，只是深知如果实话实说我在吃路边摊，便又要被教训一通。于是他转而跟我说在柬埔寨有什么需要注意的。

我听得昏沉，顺口敷衍了几句。他大概觉察出我的不耐，便也草草收场了。

老八的真名当然不是老八，甚至提及他常用的外号是另外三个数字。只是由于一些原因，不方便公开谈论他，于是取他名字谐音的总和，在这里便称他为老八了。

认识老八是我大二的时候，那时候他在一家日本报社工作，正打算辞职。当时人人网上还有很多人活跃，我的人人网主页也因为一些莫名其妙的事有一点热度，加了很多认识或者不认识的年轻人，其中就包括老八。

说老八是年轻人其实有些勉强，毕竟我和他交流时很少把他当同辈年轻人。他本来也早我很多年入学读的清华本科。我进校的时候他已经毕业工作两年了。我读理学，他读法学，说是直系学长也算不上，只能别别扭扭算作校友。

当时我的人人主页访问量还只有八万，他已经坐拥一百多万访问量，是人人网上所谓的意领网红。后来人人网没落，我也再没有登录。

到2016年4月，我再访问他的页面，访问量好像已经超过两百万了。

现在年纪大了想一想，其实这些访问量也没有什么意思。毕竟是熟人社交的网络社群，还都是学生，信息流动更迭又迅速又薄情。

然而当时还太年轻，又自负又自卑，只怕喜欢自己的人不够多，从来不怕看到自己的人太多，于是便也很羡慕老八这样拥有很多虚拟关注度的人。

年轻是会附庸很多幻觉和劣势的。例如虚荣，不知根底的愤怒，以及不加掩饰的坦诚，例如将年龄上几年的差距看得太远，却又将自己同幻想看得太近，以为自己还有大把青春可挥霍，很多理想可追逐。

现在想来，当时的老八也就二十五六岁，说是年轻人也并不勉强，中间更没有真的差辈。

后来逐渐和老八熟起来是因为一起给北斗网供稿。他写时评，我写短篇小说。北斗是一个大学生志愿建设的交流平台，据说一开始活跃的人是以清华北大两校为主，蒋方舟曾经也给他们供过稿子。

我加入时，北斗已经很松散了。人口众多，海内外都有，什么学校都有。有人写政论时评，有人写散文写诗，也有我这样只写情情爱爱的。

老八后来就曾经在私底下同我抱怨过，觉得现在的北斗鱼龙混杂，同曾经那个精英意识浓厚的思想平台差得太多了。

我有些咋舌。因为我从不自认精英，也没有任何精英意识，不觉得所有人混在一起有什么不好。毕竟世界就是这个样子，太多人要被命运苛待，并不因所受的教育就能得它青眼，以获宽容。大家都是受难者，各有各的难处与追求。比起彼此攻讦，和而不同更为安全，也是更加令人愉快的相处方式。

然而老八并不这么觉得。他觉得自己付出了努力，得到了更好的教育，有更开阔的眼界和更多机遇，他的思辨并无必要同“层次低下”的人交流，因为“说了他们也难理解”。而在他看来，很多理性人看来是客观批判的对话，被“毫无理性之人”看来却会是极严重的冒犯。

我小心劝他：“但是说话的方式小心一点，就可以避免很多争端啊。”

老八奇怪地看了我一眼：“争端都是他们要同我们争。我们何必在意他们的看法。”

其实对于他将我划归为同他一样的“我们”，我是很汗颜的。

因为我自知并不聪明，也无毅力，只靠一点点小聪明跌跌撞撞往前摸索，走过很多弯路，却仍不是一个理性的人。喜爱怨憎对我的控制太强，总是喜怒无常，说话也经常不过脑子，看起来像是很有勇气，实际上只是没有想通为什么不能说实话。不知道从什么时候开始，诚实也变成非常需要勇气的事。

也许就是因为这点看上去莫须有的勇气，老八才把我看作了“自己人”。后来他回老家，邀请我去聚会，开玩笑说可以报销机票，我正好无事可做，便去了一趟。到了宜兴，甚至还要下到村里面。他的家境其实并不富裕，他自己优渥的生活都是自己拼来的。

那次到的除了我，还有他其他的朋友。从北京去的多，最远的是从东京来的。我们围坐在一起，身体靠得很近，但是观点上依旧泾渭分明。老八很快就和一个持自由派观点的朋友争执起来。我虽则也是自由派，但是本身不喜欢政治，更厌烦争辩，便寻了个机会出门去抽烟。

老八的父亲也在门外抽烟。他曾经是老师，刚刚退休。

我看他不停瞄我，好像欲言又止，便假装没有带打火机，凑过去借火。

伯父趁机开口：“你们在屋里讨论的那些，在北京是不是也会谈？”

我愣了一愣，斟酌着说：“他们好像……时不时是会说一些的。”

老八的父亲啧了一声：“伯父不是教训你们。年轻人还是要注意一点，尤其你们还是在北京。”

我讪笑：“知道知道。其实现在和以前还是不太一样了……但是我自己本来就没什么兴趣，也不太爱讲这些的。”

那时门外的太阳明晃晃的，照在经过了许多年头的大地上，像复燃一片生机勃勃的火。但从屋檐下的影子里看去，尽是一片冷光。

后来老八说，他父亲听他们说话听得胆战心惊。我们走后父子大吵了一架，彼此都很伤心。他父亲觉得自己的好意被曲解，他觉得自己的父亲不理解自己。

可是要我说，彼此理解这种事情，即便是父子，或是情人，都强求不来的。

老八连对自己的父亲都时有刻薄，更遑论他人，于是在网络上树敌颇多。

2011年，他先是失去了母亲，后又被确诊了胃癌。那时我一个很好的朋友同他交恶，我夹在中间，左右为难，同他们二人反而都疏远了一些。再加上因为一些琐事，远离网络了一段时间，他被确诊癌症的消息我还是从那个朋友那里得知的。

那个朋友恨恨地说："该！让他不积口德，简直是遭了报应！"

我当时在贵阳家里，对着电话说："你不要这样子。我知道你其实没有什么坏心眼的，但像遭报应这样的话，还是不要讲。"

那个朋友道："得了吧！我不仅要讲，还要你帮我传话给他！"

我撇嘴："我才不，你要讲自己去跟他当面讲啊。"

后来我回北京去看老八，他躺在病床上，跟我说那个朋友也去看他了。

我应了一声，没问什么报应不报应的，我并不真正担心。他们都不是真正的坏人，在才华眼界上可以说相互欣赏，交恶只是因为种种小事。

老八说："但我还是看不惯他。"

我笑道："他说和你睡过，但大家都不会相信的啊。毕竟他在网上一向没什么实话的，你不要太介意了。"

他摇头，道："邪淫诬诳，全都不合法度。没有法度的人，不值得相交。"

我打了个哈哈，就当没听到，心里想真是没办法好好聊天了。

当时他的癌症还是良性的，七个疗程化疗以后，老八进入了医学上的无病生存期。

大概是一度贴近生死交关，人生苦短与存在本身的脆弱终于正式摊了牌。如我这样的人，深知光阴实在有限，定会抓紧时间度过短暂而痛快的一生。而老八不同，他觉得自己并不真正怕死，他只怕死之前未真正尽到为人子为人爱侣的责任，也未有与自己所受教育等同的贡献，于是更加努力地写作荐书，试图将自己的思想通过网络留存，希望自己的才智能给更多年轻人启蒙。

就是那段时间，老八在北京，同其他年轻人交换自己的理想。

而我在金边到白马的大巴上，沿途尽是鼓足了风的芭蕉和捕不到的热风。

我在白马住朋友家。朋友买的是山间乡村别墅，实际上是有年头的旧房子，自己花大价钱修缮一新才能入住。别墅的旧主人已经湮灭在动荡时代，留下一片断壁残垣。

朋友知道我对建筑学有点兴趣，所以邀我过来看这个荒废的别墅群。新高棉式民居似乎只存在于此，我们绕了不近的一段路，看了各种风格相近却各有特色的别墅，大多已经废弃了，隐没在山林草丛间。它们在红色高棉时代被打砸抢劫一空，荒废至今，庭院杂草丛生，弥漫着热带雨林常有的奇怪味道，仔细去嗅，却又找不到具体，像初冬时分叶子留存在空气里的幻影。

我在一个荒废的院子中间往头顶上看。院墙上爬满了藤蔓，看天色好像又要落雨。灰暗天幕下，一棵树扎根在别墅的屋顶，根须粗细曲直，沿着墙，密密麻麻扎到地面，深深扎进去，将墙面的浮雕和彩漆都掩盖住。

我好似爱上这荒芜与生机并存的一幕。拍了一张照片，想发给谁，却又找不到可以发的人，于是选了最近联系的老八发过去。

老八过了一会儿回复我："浩劫中还能遗留下的，都是种子。"

过了一会儿又回我："回来一起喝酒。"

我笑起来。来柬埔寨之前，我的前任刚刚不声不响转学去了美国，连告别都没有。这件事我并未跟任何人提过。每人都有各自的烦恼，与其扰人清平，不如自行消化，更何况老八的还是生死大事。

或许他只是无心之言，也或许是感觉到了我的情绪糟糕。

无论如何，我很感谢他。

我写了老八这么多，似乎应该问清他对此的意见，尤其他小气又耿直，还很在意别人的看法。我这样评价他，他知道了肯定要讥讽我一番。

然而我还是只虚构了一个名字，将我所知道的他的人生，一点一点填充进去。这样他即使来和我争辩，我依旧能诡辩说那不是你。

然而他再不会和我争辩，就像我再不知道他究竟怎么想。

我从柬埔寨回北京以后，忙于实验室的工作，和朋友们联系也不再那么多。

后来出了国，也只是偶尔和老八联系。突然有一天他告诉我癌症复发了，已是晚期，活命无望。

我想起之前在柬埔寨和他的对话，忍不住讷讷，好像是自己一语成谶。

幸而他并不怪我，他只跟我说——

今天挑选出了火化时要穿的衣物，都是所爱之人送的所爱之物。

这句话他也发到了朋友圈。

无论是嘴巴怎样坏的人，在这样残忍的时刻，都说不出恶语的。

我很不擅长写自己的生活，更不擅长写别人的生活。生怕写得不好，冒犯了别人努力尽量过好的人生。我不知道我写的老八和他眼中的自己，和别人眼中的老八是不是一样。就像我所说的，要真正理解一个人，是很难的。

我只能将我所看到的他、所了解的他，用我能做到的最大限度的诚实与尊重写出来。

然而诚实果然需要太多勇气。

我模糊了很多事，柔化甚至曲解了老八，将他写得好像颇为敦厚。

我听人说，老八曾在业余时间为底层民众做维权，老八从来不提，我也就当不知道。

他宁愿公开地将矛头指向纷乱的民意，同自己的出身决裂，恶形恶状千夫所指，也要遵循他那一套自洽的逻辑，保有他自己的法度。

我很不赞同他，我虽然知他善良，却也从不觉得他对所有人都和善。但我还是不愿将他写得同他自以为的那样强硬锋利，还是把他写成了一个温厚的人。

他脾气虽然非常坏，但对我确实一直是很温柔的，想必知道了也不会真的怪我。

毕竟这也算是我自己的法度了。

老八在2016年3月30日凌晨去世，享年三十三岁。

有人在微博和朋友圈都发了消息。追悼会的时候，我正好在国内。伯父比前几年老了很多，我同他站了一会儿，不知道如何安慰他。很多朋友都去了，称不上朋友的也去了。大家都没有多说什么话。气氛不复当初的热烈，彼此间网络上的交流也少了很多。

人人网从2014年左右开始迅速衰落，现在点进去已经变成了所谓的人人直播。北斗的朋友们各自奔向生活，北斗网也四分五裂，再也不更新。曾经和老八撕扯得极难看的朋友，做了一段时间的服装设计，现在依旧回了媒体。

老八曾经呕心沥血努力留存的文章，全都跟着这些网络空间的消散湮灭了。

浩劫中能遗留的都是种子，然而并不是所有种子都能安然渡过洪水。

得知老八死讯的那天，我费尽千辛万苦才又登录了我的人人网主页。

我和老八的交流除了微信，偶尔会用人人私信。我们的私信停留在我毕业设计最忙的那段时间，他去清华找人，顺道找我喝茶。我忙得天昏地暗，回到寝室才看到消息。我说请他吃饭，他却已经回去了。

我随口回复道："那就只好以后有机会再聚了。"

他说："还是很可惜。"

我劝他放宽心，毕竟机会努力找找总是会有的。

我还很年轻，还有很多时间浪掷，还有很多的会面可以错过。机会也好，理想也好，总有很多选择摆在我面前。

那时我是真的这样以为的。

王一 丨 上海最世文化发展有限公司签约作者

已出版作品：《在秋日午后起飞》《夏天尽头的少年》《幸运儿》《你来看她的演唱会》

◎ 咸鱼表情包前忠实用户，《阴阳师》成瘾已戒断，俏皮型感叹号使用专家，最近希望诱导突变的克隆不要再一个都不长了。

夏无觞 / ILLUSTRATION

人生沙发之旅

TEXT
—
孙梦洁

"换我心，为你心，始知相忆深。"

— 顾敻《诉衷情》—

我这个朋友，比我高了整整三十厘米。但近两年，总觉得他越来越矮了，他狡辩说，是因为常低头，背驼了，沙发越来越小，所以腿缩了。

在朋友关系之下，我们算是室友。

我们前前后后躺过三四个沙发，前室友A送的红色折叠沙发，碰巧特价的宜家弗瑞顿转角沙发，房东家没有坐垫靠枕硬邦邦的沙发，还有用充气床的靠背竖在地毯上假装是沙发的沙发。

最好躺的还是灰色的弗瑞顿，最好躺的是无所事事的假日。

弗瑞顿也算是见证了我们累累的战绩：熬夜连轴转看完了四季的《行尸走肉》，每天早上坚持到朦胧日出，下楼吃完油条配咸豆花的早饭才甘心去睡；交稿日前不愿打开word刷完了《琅琊榜》；搬家前，又忍不住再躺一躺，十个小时都没吃饭，一步不离沙发地看完了《怪奇物语》第一季。

猫也说，最好磨爪的是灰色的弗瑞顿沙发，因为是新的。

我们俩在一起没几个话题好聊的，猫占了其中特别大的一块。

我们的第一只猫，是在盛夏的一个雷雨天从家里楼下的水塘捡的。很丑，很小，连眼睛都没有睁开，下雨天冷得瑟瑟发抖，我想捡回家，他却冷着脸，因为他对猫过敏，会打喷嚏鼻痒。小区里扫垃圾的大叔看小猫可怜，就把小猫捡进垃圾房免它淋雨，说，我也救不了它，看它命吧，说完锁上了门。我踌躇了很久，拜托大叔开了门，用衣服包住它，抱回了家。

刚开始的几天，他总催着，什么时候放生啊？

后来渐渐变成，一下班回来就习惯性地叫小猫的名字，狗狗，狗狗你在哪儿呢？狗狗今天拉了吗吃了吗？用脸蹭狗狗的鼻头，直到狗狗发狠咬他一口，他也不气，只笑着撒手。

他从前喜欢狗，养过一只博美，对猫无感。而现在走在路上，看到流浪猫都会忍不住拍两张照，一人孤独在他乡时，甚至动了好几次念头想抱一只猫回去陪他。

有时候会庆幸，还好他是爱猫的，不然可能没办法跟他继续做朋友了。

光看外表，可能完全想不到他是一个山东大汉。体重不足一百二，比女生都瘦弱，又白，还浓眉大眼，长发飘飘。据他说，是因为刚进大学的时候，看了《热血高校》，觉得小栗旬侧面剃平上面扎小辫的发型特酷，这才跟风理了个同款。后来因为出门方便，一扎就行，就一直没换。

直到有一次我在杂志里见欧美系熟男留的丸子头，给他看，他有些不服气，觉得自己留肯定更好看，就再也没剪过头发，到现在，散下来已经到胸口了，又是自然卷，还喜欢粉色，一衣柜的粉色T恤帽衫外套，粉色板鞋帆布鞋球鞋，所以我总笑他是小公主。

我已经算是嘴下留情了，他的朋友没有我这么和善，有说他长得像陈汉典的，有说像六小龄童的，他倒也不会生气、不去反驳。

——因为觉得长得像的人多了去了，我反正更帅一些。

这是他的原话。

他是个初遇会觉得很容易相处的人，因为善于瞎掰乱扯，在一些小事情上又有盲目的自信，一开始接近的时候会觉得，他在发光。

“那会儿艺考的时候，想省钱，就睡了一晚桥洞。”

哇，他竟然睡过桥洞，好酷。当时的我也很难以捉摸，只因为这个奇怪的点，就开始和他做朋友。后来慢慢相熟了才发现，他一点都不酷。平常人睡前听音乐，他听相声，喜欢喝茶赏字画，闲暇时间就刻个章，拿着刻刀一坐就是一下午，可以说是十分无趣了。

或许是这样吧，再酷的人，真的变成了住在一起的人，也是平凡又疯癫。

这么说来，我们俩其实有很多共同点，都没什么深度，也没什么文化，不爱讨论人生和理想，对当下时事热点八卦也兴趣缺缺，最大的梦想就是不劳而获、荒淫无度、坐吃山空。除去撸猫和煲剧，也就好一起打个游戏。

他爱打游戏，却不沉迷，这一点让我觉得很无趣。

他更喜欢在我打游戏的时候逼逼叨叨，指手画脚，说这比亲自下场打有趣多了。

我的 *DotA* 算是他启蒙的，那之前看前室友 C 打过 *DotA1*，试图学过，但 C 却只教我躲在树丛里，别让人发现。他倒是认真地挑了个他觉得好入门的英雄宙斯让我盘盘手，技能容易，就算跟不上节奏赶不到战场也能全图放大收人头蹭经验。本来以为我玩几天就会腻，却是没想到我对 *DotA* 的热情一发不可收拾，轻而易举就超越了他。

就在几分钟前，我们还说到了新版本的更新。

“已经是 new game 了，新地图又要习惯一个礼拜。还有新英雄，画风太奇怪了。”

“对，技能跟《王者荣耀》的赵云很像，不觉得吗？”

“对这个版本，失望。”

“失望你还每天玩，昨天看 steam，你游戏时长都1000+ 小时了。”

“哦。谢谢你当初带我认识了本命游戏。”

“……”

TI6（第六届 *DotA2* 国际邀请赛）的时候我喜欢的战队 EG（TI 系列 *DotA2* 邀

请赛）止步半决赛，一怒之下摔键盘直接睡去了。反而是平时没觉得有多热血的他，抱着爱国心熬夜看完了黑马 wing 夺冠，大呼精彩精彩，更是信誓旦旦说，过两年带我去西雅图看 TI。

我想了想，也好。他也算是个合格的旅伴，还可以顺道去洛杉矶迪士尼。

我一直以为他喜欢迪士尼。因为每次去，他都很开心，会拍很多照片和小视频。后来有一天我随口问起，意料之外地，他答道，其实并没有多喜欢。

——但是很喜欢跟你一起去玩。

——其实换个其他什么游乐场也无所谓。

在朋友关系之上，我们是恋人。

我们曾经认真地讨论过。

如果我们有一笔钱可以保证两个人生活无忧的话，我们可能真的一辈子都不需要社交，不需要朋友，不需要和第三个人说话。

只需要一张沙发，两个人，三只猫，或者更多猫。

自从和他在一起以后，我就是一个非常不麻烦的女朋友。

女生：刚刚吃饭的时候，接到室友 B 的电话，说他出车祸了。

男生：啊，那他怎么样了？

女生：你怎么不问我饭吃完了吗？饿不饿？

这种情况，不存在的。

女生朋友问，你不作一作怎么知道他爱不爱你？

我就答，我和他在一起，是想一起更开心呀，又不是为了互相折磨。

女生朋友又说，你们这样一点都不像情侣。

我点头，两个人想一辈子在一起，不可能一辈子都做情侣啊。

你在乎我，我关心你，是入门。

相处自然又舒服，也是必须。

在他面前，我可以完全坦承我的自私，我的欲望，我的阴暗面，我说坏话脏话时的丑陋样子；也可以蠢到连着两天把自己锁在家里，要叫外卖给自己开门；无聊到一整个下午躺在沙发里给猫梳毛团试图团出毛毯，即做最真实的那个我。更可以不加掩饰地在对方面前放屁挖鼻屎，毕竟年纪大了躺在病床上还要互相照顾把屎把尿。

能这样，生活其实只需要彼此就够了。

世界上有这么多奇妙的事，这么多美好的地方，有了不会分开的伙伴，可以一件件慢慢体验，因为一辈子也很长。

哦？你问有没有吵过架。当然有。

一次是因为打游戏的时候他抢我的野，一次是因为那一阵他不太打游戏，而我每天刻苦练习，但 solo（单挑）他轻而易举赢了我，结束了还得意地炫耀。

还有一次是吃火锅，他固执地认为把蛋打下去会散成蛋花，但我坚持不会。那一次虽然蛋打进汤里的那一刻他就知道自己错了，但我们还是吵了很久，走到家才和好。

最近的一次拌嘴大概是前两天，我问他最喜欢漫威哪个角色。

他想了很久说，寡姐。

我哼了一声，肤浅。

他回嘴倒是很快，你喜欢小蜘蛛就不肤浅吗？

好吧，我这个朋友，天真又暴躁。

孙梦洁 丨 上海最世文化发展有限公司签约作者

已出版作品：《世界病》《比梦想更重要的是》

◎ 一个没什么好介绍的人。

夏无觞 / ILLUSTRATION

一个我不知道名字的朋友

TEXT — 颜东

“十分冷淡存知己，一曲微茫度此生。”

— 张充和 —

我有一个朋友，认识三年之久，至今不知道她的名字。之所以会这样，我仔细想了想，首先根源于我们相识的场景。

三年前，我在一家淘宝店买衣服，因为对尺寸有疑虑，点开客服进行咨询。她就是那位客服。

她说，我也不是很清楚哈哈哈哈哈——一串不合时宜的笑声，外加一堆不知所谓的表情符号。令人愕然。

她又说，那我去替你穿一下。

又过了很久，我以为她只是因为忙或者对工作并不怎么上心，将这件事情忘了，突然收到一条她发来的消息："啊，我去穿了！这件衣服太适合我了！只有一件存货！我不准备卖了，我要自己买下来！"很多很多的感叹号，像一个惊叫的小女孩。

她又问我要地址，说是要给我寄一点小礼品，表示歉意。

我哭笑不得，说算了。

她却十分固执，执意坚持。这样一来二去，两个人在淘宝的客服页面聊了很久，还加了微信。

后来果然收到她寄来的包裹：一些避孕套包装的湿纸巾、几双稀奇古怪的袜子和一只咸鱼形状的钱夹。是她的风格。

在包裹的寄件人名称里，她填写的是“你的朋友”。

我们就那样成了朋友，却也不怎么经常联系，只是默默看着对方的朋友圈更新，不时点赞。偶尔联系起来，却可以省去寒暄单刀直入。她总是给我分享一些猎奇的传闻、影像，嘻嘻哈哈，突如其来，又戛然而止。这是她的作风，随时出现，又随意消失，没有约定，也没有负担。

有一天傍晚，正聊着天，她突然说，我要下班了，晚安。

我忍不住问了一句，下班后都干吗啊？

她说，也没干吗，只是回家之后就没网了。

她当时住在一个很偏远的地方，手机接收不到信号，也没网络，几乎是一个原始的洞穴。我大吃一惊，没有网络怎么活得下去？她却说，也挺好玩的，不信你试试。

后来我才知道，她手头那份淘宝客服的工作并不轻松，工资微薄，假期全无。她只抱怨过一次，说是太惨了，已经忙到几天没有洗头了！我劝她不如换份工作，她敷衍地应和着我，却继续在那里干了一年。

“因为老板的脾气很好，而且办公室院子里有只美貌的流浪猫，每天都来，我走了没人喂它。”

而我隐隐约约地知道，她正在一段痛苦的恋情中徘徊。出于网友的礼貌，她不说，我也没问。

我们在认识一年之后才第一次见面。

她从所在的城市坐了整天的火车来成都看演唱会，事先并没告诉我，结束之后给我发消息：“东门大桥离你住的地方远不远？”

“半个小时车程。怎么了？”

“那我们半个小时之后在东门大桥见吧！”

我只好收起满脸的错愕，快速出门赴约。

她长得高而瘦，苍白的一张脸，齐耳短发，穿男士宽松衬衣，戴一副夸张的金属边框眼镜，神情却羞涩，总是微微低头，说话轻声细语——与我此前的想象多少有些出入，我一直以为她是某种张扬的存在。事实上，在此之前我并不知道她是什么模样——她从不在朋友圈发自己的照片，也似乎对自己的长相并不太在意——以至当我到了我们约定碰头的地点时，茫茫然只好给她发语音信息问她在哪里，她却慢悠悠回复：“哈哈哈，我就在你身边站着，有一会儿了。”

我们就去吃了火锅。其实也不饿，只是需要一个灯光明亮，能够进去坐着多聊会儿天的场所而已。但也没有聊起什么了不起的事情。彼时焦头烂额的工作、惨淡经营的恋情、人生的种种困惑都没有被说起。关于吃的倒是说了很多，南北的蘸酱区别啊，各地的辣度比较啊，两个人甚至还花了很长时间讨论酥肉到底煮到哪个程度最好吃。面前一锅红汤咕噜噜持续冒气，煮干了，服务员就殷切地续上。邻桌的几个男人热热闹闹地碰杯、猜拳、大声讲笑话，又一个个互相搀扶着散了。

我们一直坐到服务员开始打扫卫生为打烊做准备，才腆着肚子离开。

“很奇怪啊，好像并不是第一次见面。”她说。

凌晨时分，我们从火锅店出来，沿着河边慢慢走了一会儿。

已经入秋，空气里有了凉意。河堤上黄橙橙的街灯从树丛间洒落，年轻的情侣在树影下的长椅上互相依偎，刚刚从酒吧出来的一群人闹闹嚷嚷地将其中一个喝醉了的搀扶着过了马路，神情落寞的中年男人则坐在马路牙子上一支接一支抽烟。街角有哪些餐馆尚在营业，鼻子总是比眼睛先知道。谁如果此刻坦露心声，则仿佛能够得到全世界的共情。

但我们只是在河边站着，拍了几张对岸的照片，都没怎么说话。是啊，我想，这样可以在彼此的沉默中感到自在的关系，确实不像是第一次见面。

我们就又放心地沉默了一会儿。

“成都真好啊，成都的夜晚真适合伤心。”她说。

“那你搬过来吧。”我说。

好啊。她笑嘻嘻地答应，之后就打车去了火车站，回到了另一座我并不知道是否也适合伤心的城市。

后来她分了手，离开了那座城市，回到老家待业。这一切的信息都是从我们微信的联系中不多不少地获知。当时我也再一次地换了份工作，同时毫不意外地又分了一次手。关于这些我们都并不多谈，更多的时候，我们只是隔着手机嘻嘻哈哈讲几个笑话，保持着一种相当的默契，一种不向对方索要无解答案的体贴。

有很长一段时间，我们都没有再联系，但也并没有不得不保持联系的压力，只是埋头应付着各自的生活，就那样日复一日，又过了一年。

今年的春节刚过，收到她发来的信息，说是找到了新工作。

“在哪里？”我问。

“太古里附近。”

“哪个太古里啊？”

“成都有两个太古里吗？”

哦，就这样，在我们认识的第三个年头里，她以一贯的让人措手不及的行事作风，搬到了成都。

我盘问后才知道，她几个月前喜欢上的一个男生因为工作的差遣被调到了成都，她在他不知情的情况下，自己也跑过来，先找到了工作，再联系了我。

“有住的地方吗？”我问她。

“有啊，在离工作地方很近的一家青旅里有一张床位。”

我已经习惯了她的出其不意，但还是有些忿然，告诉她青旅并不是长居之地，得赶紧找房子。

她却不以为意，兴致勃勃跟我说起了她的新工作，满腔对于新生活即将开始的热忱。

而所谓的新工作，不过是在一家日式居酒屋里打零工，而已经约定了要去工作，薪水却只字未谈。她始终对于过日子的得失没有计算，也并不在意，但出于世故的考虑，我仍然为她担心。生活终究不是游乐场啊，我心沉，怕她吃亏。

“没关系的，饿不死就行。”她倒反过来安慰我，“而且，我可以经常和你一起玩了！”

当天我们就一起吃了晚饭，第二天又开开心心约好一起逛街。

“当初做出这个决定时难道不会害怕吗？”在排队买奶茶的间隙里，我终于忍不住问她。

“什么？”

“决定一个人搬到一座人生地不熟的城市生活，不会害怕吗？”

“不怕啊。”她将脸转向另一边，又若无其事转回来，笑盈盈说，“也不是人生地不熟啊，不是还认识你吗？”

“除了我呢？”

“没有了。他也还不知道。”她顿了一下，还是笑嘻嘻的，说，“我都不知道他是不是也喜欢我。”

我不知道说什么好，只好带她将她工作附近逛了个遍，反复叮嘱她上夜班回去要注意安全。

第三天她就开始上班了。

之后她与那个男生见了几次面，两个人发展顺利，租了个房子搬到了一起住。

我终于放下心来。

因为她总是上夜班，我们见面的次数少了，偶尔周末一起看场电影，她男朋友也总是不在场。

“他工作很忙。”她说。

事实上我们很少会谈论她的男朋友，每次见面她总是兴高采烈跟我分享她最近看到的非常了不起的新奇玩意儿。

她的特别之处在于，虽然对世界充满好奇，却对人情世故提不上兴趣。我们的友谊从来不是基于对彼此私密生活的参与而建立，也没有通过分享其他人的八卦得到提升，偶尔提及，她都觉得兴味索然，我只好转移话题。她待人真诚、开放、包容，但是不喜欢秩序、仪式和牵连，总之是一个温和但古怪又独立的人。

这样的女孩，或许永远不会与谁过分亲密，但我们总能保持一份对于彼此恰到好处的欣赏。这是我们的相处之道，它松弛、愉快，令人信赖。

有一次她邀请我去家里吃饭。冰箱里掏出几块袋装冰冻牛排，厨房却空空如也，只有一只小小的煎蛋锅，锅铲、调料一应全无。好不容易将牛排煎熟，才发现餐具也没有。我只好望着一口小锅发怔。

她倒是从容不迫，笑嘻嘻地说："看来只能直接上手了，反正也没差别的！"

我始终记得那一天我们徒手撕扯牛排的场景，弄得满手满嘴满身满地都是滑腻腻的肉汁后，我们终于狼狈地大笑了起来——那种切实的开心，也确实没有任何差别。

在一切因为随性而导致混乱失序的世俗场景里，她都乐在其中。而我总是哭笑不得，又隐约有些担心这个势利又严厉的世界总有一天会板起脸来教育她。

像她这样的人，即使伤了心，大概都不知道哭吧？

有一阵子，成都阴阴沉沉，连续下了好几天的雨。我百无聊赖，想约她一起玩，发了好几条消息，她都没有回复。

一天深夜，她突然说："不行了，我必须得出门了，不然要生病了。"

我说："那你明天来我家吃饺子吧。"

饺子是前两天包的，韭菜猪肉馅，原本是因为懒得每天做饭，一口气包了很多，都冻在冰箱里。

第二天我下楼去接她。

她打了一把黑色的小雨伞，似乎比上一次见面更瘦了，神情也憔悴了许多，雨天雨地中，显得格外单薄凄楚。见了我，立刻笑嘻嘻小跑了过来。

不知道为什么，她这天胃口出奇地好，埋头苦吃，一声不吭，一口气吃了十几个。我察觉出有些反常，但她没说，我也没问——这已然成为我们的习惯。

吃完了饺子，我们摊在沙发上各自玩着手机。她似乎总有些心不在焉，时不时向窗外张望。而窗外的雨，淅淅沥沥，并没有要停的意思。

"我们来打游戏吧。"我提议教她玩一款我最近在打的手机推塔游戏。

她兴致似乎不高，但还是把游戏下了下来，通过了新手训练，顺利和我组了团。

"啊！为什么我总是很容易死掉！"她像不明就里的无辜闯入者，每次被敌方杀死，都有些惊恐。

"那是因为你总是一个人在敌方的野区游荡……"

"我只是觉得这样很好玩！啊，我又死了！"

"你……"我哭笑不得，只好说，"你随便打打吧，反正只是游戏啊，输了也没什么的。"

"对哦！反正输了也没什么的。"她小声嘀咕着，然后高高兴兴地说，"那我继续去四处游荡了！"

我满头冷汗，但也只能任由了她去。

"哈哈哈哈哈我一共死了二十多次！"一局游戏输掉之后，她手舞足蹈，开心地尖叫了起来。

"我们再来！再来！"她突然来了兴致，连连邀请我快点开始下一局。

就那样打了好几局的游戏，眼看着天也要黑了。

"啊，不知不觉都这么晚了。"她说她必须得走了，但舒舒服服在沙发上伸了个懒腰之后，身体却始终陷在沙发里没有动弹。

"真的要走了！"她又说了一次，这才从沙发上爬起来。

我起身送她。

在电梯里，她抬头看了我一眼，说："好奇怪，每次和你见面之后都特别开心。"

"为什么突然说这个啊？"

她不答，只是咯咯咯笑了起来。

到了公交车站。水汽迷茫的站台上没有别人，她收起雨伞，背靠着站台，望着远方的雨雾。

"我可能要失恋了。"她突然吐出这样一句话来。

"啊？"我有些措手不及，一时不知道该说什么好，只问她，"怎么了？"

"不知道。"她看了我一眼，就笑了，连忙说，"但是也没什么的！"

她又转过身去了，将雨伞的伞尖探出站台去迎接那漫天的雨。

“天气预报说，这雨要明天才能停了。”这一句话她说得很大声，是为了让我听见，是为了把我从别的什么地方拉回来。

我正想说些什么，但是她快速扭头往车来的方向看了过去。

“车来了！”

公交车穿过了绿灯，马上就要到站了。她于是往停车的方向移动。

我想叫住她，还想跟她说点什么，但突然发现自己从来不知道她的名字——这情形或许有些荒谬，但放在她身上，又很合理——我怔了怔，只叫出一句：“哎！”

她已经走向车门，这时停住脚步，回头看我。

我也朝她走了几步，张了张嘴，有些话几乎就要说出口了。

“好啦，我都知道。”她从车门处探出头来，大笑着望着我，用力对我挥手，打断了我，大声说，“下次还一起打游戏啊！”

颜东 | 上海最世文化发展有限公司签约作者

已出版作品：《楼上的女儿》

◎ 别无所长，试图用挫败打动你。

夏无觞 / ILLUSTRATION

茄子的夏天

TEXT
—
王侃瑜

“清风多仰慕，吾亦尔知音。”
— 李颀《题少府监李丞山池》—

T

夏末的时候，我和夏笳有事一道去北京。我问她，你还记得我们第一次见面吗？

北京的夜已有几分凉，她穿墨绿无袖连衣裙，配同色耳坠，好像刚刚穿越盛夏之门而来。她皱起眉回忆，在复旦，Dhew 的那场讲座。

我有点吃惊，继续问，那你记得我们第二次见面吗？

那年夏天日全食，松鼠会组织的活动。

又对了，不能再问了，如此继续会没完没了，连我自己也数不清之后到底见了她多少回，也不记得何时起她从远处的科幻圈女神变成近旁可以交心的朋友。

初见夏笳时，我只是一个普通科幻迷，和许多人一样，把她的名字念成夏茄，她纠正说可以叫她夏笳或者茄子，但不要叫夏茄，因为实在很奇怪。再见她时，我仍是一个普通科幻迷，不认识科幻圈里多少人，去番茄农庄看日食的路上，我在大巴前排独占一个靠窗座位，T 恤热裤加墨镜的她坐到我边上，我一眼认出来。我以为她不会记得那时的小透明，正如她以为我不会记得当时她戴了什么帽子，可事实上，我们都记得，记得清清楚楚。

我记得，见到夏笳以前，我没读过她的作品，甚至见过以后也没刻意去读，我对她的了解大多来源于外界资讯。夏笳成名早，二十岁就写出处女作《关妖精的瓶子》，拿到中国科幻的最高荣誉银河奖，又因为长得好看，在阳盛阴衰的科幻圈里被视为女神。不过，她的处女作更像一篇科学童话，其他作品也有太多非科学元素，因此颇受争议。在部分原教旨主义科幻迷眼中，推崇技术理性的硬科幻才是上等，科技描写没那么多的软科幻读来却不够过瘾。多年以前，夏笳的闺密在读了她一篇习作后评价："如果说特德·姜的《巴比伦塔》是一篇软科幻杰作，我得恭喜你写出了一篇优美的稀饭科幻。"夏笳是特德·姜的铁杆粉丝，听了十分高兴。自此，稀饭科幻成了夏笳坚守的写作流派，比软饭更软的稀饭，反倒让她与众不同。当然，这一切都只是道听途说，我没读过她的稀饭科幻，那时的我甚至没读过《三体》。

一直到两三年后，某场科幻活动上，我受朋友之托找她签名。那一年，刘慈欣跟前的队伍还看得到尽头，男科幻作家们都穿着格子衬衫，夏笳的圆顶礼帽、百褶裙乃至白衬衫领口的蝴蝶结都格外显眼。我递上刚买的新书，她问清我朋友的名字和性别，仔细写下赠言，又耐心地画上一个卡通茄子，最后抬头盈盈一笑，双手将书交还给我。她对每一位读者都这么周到温柔，我被彻底击中，真的是女神啊，谁会介意她在我为男性朋友带的书上写下赠言：搅基搅到老。

回程的飞机上，我翻开那本《关妖精的瓶子》，头一回静下心来好好品读夏笳的故事。文笔优美，情节灵动，好像夏的精灵，穿着短裙啪嗒啪嗒跑到你身旁，给你讲一个玲珑的故事，有时温暖，有时悲伤，淡淡的恰到好处，精致又漂亮，轻巧若羽毛。可以想见，故事背后定有一颗玲珑的心，一直守护着正能量的火种。

夏笳早期的作品，轻盈跃于纸面，像童话，像小品，可也正因如此，没有给我留下太深的印象。我看到的是丰富意象，却无从深入内在机制，正如我远观她的女神形象，却并未亲近她本人。

后来我自己也开始写小说，深知写作之难，哪怕是稀饭科幻也不好写。我有点不务正业，没花多少时间练习写作，倒是积极在国外推介中国科幻，用英文开了个专栏。恰好夏笳的《2044年春节旧事》被刘宇昆翻译成英文发表，为了写评论，我把中英文对照读了好几遍，越读越有味道。也是因为写评论，我在微信上问了夏笳许多问题，一来二去就熟起来。评论发表后，我看到夏笳在社交媒体上转发，说这是真爱。得到认可，我默默欣喜。确实是真爱，相比她早期的作品，我是真的喜欢后来的夏笳，平实、冷静，不再执着于华丽辞藻，而是返璞归真，用简单平白的语言写波澜不惊的故事，讲述近未来中国普通人的生活。

同为写科幻的女性，一开始我难免把自己跟夏笳做比较，想着怎样才能赶上她。可后来我发现实在太难了，她不仅会写小说，还会写论文、画画、唱歌、拍电影，就连穿衣打扮都是值得我学习的榜样。夏笳每次出席科幻活动都一袭长裙，我几乎没见她穿过裤装，问她为什么，她说是为了中和身上的攻气。是啊，我差点忘了，她能在颁奖典礼后台摆拍壁咚科幻男作家的照片，能秀出清晰的马甲线，能边喝酒吃肉边聊人类未来，集男性和女性魅力于一身，根本赶不上啊。越是了解她，我越是喜欢她，就连回头看她早期的作品，也不再抱有挑剔的眼光。很奇怪，我没什么挫败感，反倒愈发认同她探索边界的生活方式和写作尝试，她本科学物理、硕士学电影、博士研究科幻文学，小说也倾向于探索边缘性和交叉性命题，勇于跳出常规，挑战未知，总有意想不到的收获。回头想想我自己走过的路，不也如此吗？

第二年夏天，我和夏笳去美国参加世界科幻大会，说好的美国游没能实现，只能在会后搭朋友的车从斯波坎自驾游到西雅图。

朋友在前面开车，我俩在车后座聊天。夏笳说她的偶像特德·姜就住在西雅图边上的小城贝尔维尤，她想见他一面却没人愿意引见，为此已经苦恼了两天。我突然想起自己跟特德·姜通过邮件，虽然他每次回复都很慢很冷淡，但何不尝试一下？

于是，我们在美国的高速公路上讨论如何起草邮件如何修改措辞，最后终于给特德·姜发出约见邀请。没想到，不过半小时就等来他的回复，说可以在咖啡馆聊一聊。那一刻，我们同时在车里欢呼，我们就要见到喜欢的作家特德·姜了！冷静下来后，我们开始考虑另一个问题，该送他什么礼物。要有中国特色，又要足够特别。这次来美国，夏笳定制了很多折扇，给南希·克雷斯的写着“女神南希”，给乔治·马丁的写着“坑王马丁”，灵感源于前阵子活动上我们送她的“我有腹肌”折扇。我身边还剩最后一把扇子，一面写着我们的组织名号“科幻苹果核”，另一面空白。

要不这样，我在扇子背面写几个字送给他。夏笳提议。

可你之前写过扇面吗？很难欸。我担心。

没写过，可我好歹是西安人啊，没学过书法也能写两笔，就跟画画一样嘛。

听完夏笳的话，掌握方向盘的朋友已经找起了文具店。

我们在西雅图买了毛笔和墨汁，吃了一顿小肥羊火锅还逛了超市。晚上的西雅图很凉快，车从桥上驶过，像是滑翔于夜空，河对岸的高层建筑亮着灯，我以为我们就要一路驶入《银翼杀手》的开头。夏笳说起她晚上要借宿闺密家，闺密因为一种罕见的病症不能晒太阳，性格却特别温柔。夏笳从小玩到大的闺密有两个，定居美国的是一个，命名稀饭科幻的是另一个，她把两人的性格糅合在一起，写进小说《巴别乱》里。我很喜欢那篇小说，不能用语言沟通的两个闺密却一样能心意相通，我也喜欢她“中国百科全书”系列的每一篇，哪怕写到病症或死亡，抑郁或痛苦，都因作者心底的光而泛出暖色，像寒冬夜里的火炉一样，提醒人夏天总会到来。

夏笳在闺密家练了一宿写扇面。去找她之前，我突然很担心，只剩一把扇子，写坏了可怎么办，要不别写了就这么把扇子送了吧。开车的朋友劝我，说夏笳练了那么久，别讲丧气话，更何况，她是夏笳啊。我安下心来，对啊，她可是夏笳，一直在挑战新的领域并且总是获得成功的夏笳。于是，我们看她定定心神写下“萌神姜峯楠”五个大字，完成野生书法家夏笳的第一幅扇面。

后来在咖啡馆里，特德·姜见到扇子很开心，开心到喝完咖啡又开车带我们去吃拉面。夏笳说很喜欢他的作品，姜说他知道，他读过《2044年春节旧事》，读过刘宇昆给夏笳做的访谈，在那篇访谈里夏笳解释了稀饭科幻的由来，表达了她对姜的小说的喜爱。整个过程中，夏笳都托腮看着特德·姜，脸上散发着光芒。

世界就是这么奇妙，你所仰望的女神也有她所仰望的偶像，而事实上，他们都并非高高在上。

下一个夏天，我又见了夏笳很多回，去成都看熊猫，到芬兰参加科幻大会，沿着西安的城墙慢慢走，听她讲她的故乡。每一回，无论她多忙，都会好好化妆，穿上夏天的衣裳，尽兴地吃，尽兴地玩。跟她在一起，绷紧的神经很容易松弛，就像过暑假一样，作业留到明天再做也不迟。我发现她真的很喜欢夏天，她生于初夏，写过《永夏之梦》和《童童的夏天》，翻译过雷·布拉德伯里的《一日夏华》，笔名里带夏，甚至连英文名都叫 Summer。

夏天的尾巴上，我们在上海再次见面，与她新书的编辑坐在一起讨论宣传企划。编辑拿出几张白纸，要她写几句话，作为各大电商的渠道宣传。夏笳问有什么要求，编辑说没有，想了一下又补充道，不要写搅基搅到老。夏笳抬起头，盈盈一笑，问：真的不能写吗？

没错，夏笳新书的编辑正是我当年为之求取签名的朋友。那一刻，我仿佛又看到了穿短裙的夏的精灵。

王侃瑜 | 上海市作家协会会员，毕业于复旦大学管理学院和中文系创意写作专业。
曾受邀参加上海-台北两岸文学营，香港美伦星际科幻大会，上海国际文学周等。
即将出版首本个人小说集《云雾2.2》。
◎ 因为科幻找到了现在的工作，在文学路上寻找自我。

夏无觞 / ILLUSTRATION

坐在我前面的上海隐士

TEXT
—
项斯微

"合意友来情不厌，知心人至话投机。"

—《冯梦龙·警世通言》—

衣锦夜行的燕公子说作家沈大成“有一点上海隐士的味道”，柏邦妮则说“沈大成的世界嘎有意思”。她们心目中这个嘎有意思的上海隐士我每天都见到，就坐在我前面，不仅不神秘，而且还每天羞辱我。

我们的年纪都不那么轻了，只是坐在一起上班而已。但是不知道怎么的，却坐出了一种学生时代前后桌的关系。我透过办公桌的玻璃围栏和她说话，她一边敲击电脑一边用背对着我。我和她的背影聊天也是很开心的。

身为作家，沈大成的名气并不响，迄今为止也只出过一本叫作《屡次想起的人》的短篇集（还是由我编辑的），其余两本都是那种很多人一起写的合集，两本都有我，可以说，我简直是贯穿了她整个创作生涯的灵魂人物，她的缪斯。身为作家，我的活干得也不怎么样，这可能为我们的友谊打下了坚实的基础。试想，如果是村上春树或者大卫·米切尔天天上班坐我前面的话……不对，他们根本就不需要上班！

嗯，我还是要我的沈大成吧，毕竟，她偶尔也会买鲜肉月饼给我吃。非常偶尔的情况下。

很多人听到沈大成名字的第一反应是上海那家卖点心的百年老店。那家点心店里有鲁迅爱吃的条头糕和我爱吃的双酿团。

沈大成当然不是她的本名，实际上，她起这个笔名还真的和那家点心店有点关系，她说是因为有一阵喜欢吃沈大成牌黑米糕。这一切，也让我在未见到她之前，误以为她和我一样，是对食物有热情的人。

但，直到我和她见面之后才发现她瘦得飘飘欲仙。就是风一吹过，她的两条裤管会像旗子一样鼓起来那种——我穿哈伦裤都没有这种效果。

如今，沈大成早就不吃黑米糕了，咖啡也只喝 black 的。她对自己的体重管理得自有一套。有时候我觉得她活得像一个 AI，或者是《星际迷航》里的瓦肯星人史波克。她只注意食物的科学配比，连奶盖是什么都不知道，每次看到我喝一点点和茶家都要露出发现新大陆的表情，在一旁观摩。然后我问她你要喝吗？我请你！她就冷淡地走开了。

而每当我在朋友圈 po 出一些我在外面大吃大喝的图片时，她就会像外星人研究地球人那样，点开大图来细细观看，借此找到抨击我的理由。

“项斯微，你昨天吃的那个红红的一碗是什么啊？”

“这你都不知道啊？是冰粉啊，一种我们四川人的家乡小吃，清凉的甜品，可好吃了。”

“那里面红色的是什么？”

“红糖啊，我昨天去的这家真不错，红糖给得特别足。冰粉又特别爽滑……”

“什么，一整碗糖你都喝下去了？你觉得你有资格吗？”

“有的……吧。”

对话总是以我虚弱的回答为结尾，不肯少吃一口，就是我和我最后的倔强……

记得有一天我发表感慨说：“有没有那种跌了一跤起来以后就不喜欢吃冰激凌喝奶茶吃烤肉火锅而不是把前男友给忘了的剧情啊，我想给我自己编一个。”沈大成非常了解地评论我说：“要是你真的演绎这个剧，结局一定是找回记忆啊。”

而沈大成自己，却每天下午都要吃一种宜家售卖的黑麦饼干，热量极低，饱腹感强。这个饼干，被她妈妈和我双双评为世界上最难吃的饼干。这个世界上，最不能令我产生食欲的咀嚼声就是她在前面嚼黑麦饼干的声音。吃的时候，它会令你产生你是一匹马的错觉。但是沈大成坚持认为这个饼干是她生活中不可缺少的一部分，直到有一天她十分忧伤地告诉我："可能是没有很多人买这个饼干吧，每次去宜家，发现都只能买到接近保质期的……"我心中一喜，暗自希望宜家早日下架这款卖不出去的饼干……

也许是在我的不断暗示下吧，沈大成有时候也难免产生自我怀疑，她有时候也会这样自我描述："我过简单的生活，不太玩的，每天出现在固定的地方，把前一天吃过的东西定时定量再吃一遍也不厌倦。总是这样。"

但就是这样的沈大成，居然也有不少人想结识她，甚至想购买她吃的那款宜家黑麦饼干，令我十分遗憾。也有其他的朋友，看见了我的痛苦，反问我："那你为什么还要和沈大成做朋友啊？你们明明就是完全相反的两个人啊——光从体形就看出来了。"虽然听到最后那句话我也不是很快乐，但我是了解自己的，我这个人有个极大的弱点，对讲话好笑和有才华的人，特别宽容。就像郭德纲无论犯了什么弥天大错我都会原谅他一样，只要沈大成又和我说笑了起来，我转瞬间就能把那些屈辱忘得干干净净。

沈大成的脑海里包含了一个我捉摸不透的世界，她对万事万物的简短看法都特别有意思："理解了看《海边的曼彻斯特》为什么哭，突然有人对你说对不起，而你想也没有想要过。"

"夏天很漫长，希望一年有十个季节。"

"母亲节的时候，我妈对我说：'你今天本来也能过节。'"

"最近几天出门前把咖啡磨好带去办公室，今天早上把袋子打开往滤纸里一倒，哗，像在给自己倒肥料。"

在看她的小说时，我也时常会产生一种："哇，怎么有这么与众不同的小说。"但是好的小说不一定会卖得很好，我现在渐渐明白了这个道理。那倒也没有关系，这样至少使得她还是坐在我的前面，不会因为飞黄腾达而天天躺在家里玩，包下整个黑麦饼干的工厂。

我和大成除了互怼之外，也是经常谈论文学和写作的。在她的鼓励下，我办了上海图书馆的读者证，一个在学生时代结束后就从我生命里消失了的东西，想看哪本书都可以借到，完全不用花一分钱去买书。我也因此感受到了原来上海的图书馆已经这么发达了，还有自动书籍消毒机和自动还书亭，我第一次去上海图书馆玩自动消毒机就玩了半个小时……欣喜地看着紫外线之类的光芒在那个透明的舱里射来射去。

在沈大成的理念中，很多东西都是我们不必去拥有的，多了反而成为负累，对钱也是："钱其实有适当的就可以了，过分索取还要管理会累的。"总的来说，她是一个非常怕麻烦的人。但即便如此，她还是有相当人性化的一面，那就是以三十多的高龄，喜欢上了韩国男星 Eric。当然她的喜欢也是不花钱的，是被饭圈所不齿的白 PIAO 行为。但是以这样性格的一个人，发起花痴来，那也是极为好看的。她居然为 Eric 写了一篇幻想小说叫作《大角星》。大角星是她瞎编出来的组合名字，故事的第一主角是一位超市试吃员，在少女时代，她曾经迷恋过大角星组合的主唱，队长则是在组合巅峰时期突然死去的人物。在超市的试吃环节中，死去的队长突然现身了。主角也因此回想起了自己那个傻气又纯洁的时代。

在看这个故事的时候，心酸一阵阵涌上心头，我也回想起了我那曾经傻气的少女时代。我心里一边叫嚣着总有一天我要为我的爱豆黄磊也写一篇像样的小说——哪怕他现在胖了也老了，一边模模糊糊地感到，也只有沈大成这样的人，才不会真的变成丑恶的中年人。她的心里有什么东西又硬又亮。那个东西到底是什么我不知道，但是我肯定没有。

这样看来，坐在我前面的沈大成一边用背和我聊天，一边用正面写出了闪闪发光的小说，真叫人佩服啊。而我，居然就是认认真真地和她聊天，小说已经拖了三年还没有写完。我是不是中了某种圈套呢，还是我这辈子就注定要做某人的缪斯，而非自己去成为一个伟大的人呢？

我心里的某些地方，突然慢慢地亮起来了。

项斯微 | 在上海生活的成都人。青年作家，上海作协成员。
已出版《男友告急》《浪掷少女》等小说。
◎ 前娱乐记者，现在就吃吃喝喝搞搞文学，写写个人公众号：在别处文艺志（in-elsewhere）。

夏无觞 / ILLUSTRATION

我们的友情叫FBI

TEXT
—
王玄之

“海内存知己，天涯若比邻。”

— 王勃《送杜少府之任蜀州》—

T

——最好的朋友，就是永远做彼此的 Big Fan（狂热粉丝）吧。

我认识她的时间已经超过了自己迄今为止一半以上的人生。

她说她小时候见过飞碟，怀疑自己是外星人的孩子，就是乘坐 UFO 降临地球的。

最初相识记得是在1996年，我作为《少年漫画》杂志的忠实读者，去拜访位于北京的漫画编辑部。接待我的是副主编王塞利老师，她涂着蓝色眼影，特别热情，得知我从上海远道而来，特意把上海漫画作者自由鸟的联系方式告诉了我。

其实很早之前，“自由鸟”这个名字就已出现在我生活中了。最初买《少年漫画》就是为了看她的连载漫画《狂夜》，《狂夜》结束后则是更具代表性的力作

《天籁》。

回到上海，我立马提笔写信，那应该是我人生中寄出的第一封信，是我和自由鸟交流的正式开始，是我远远地向从未谋面的她微笑着说出："嗨，你好，我在这里，看得到我吗……"并满心期待她回应的一道心念电波。这是我青春时代的起点，在此之前，我只是一个不谙世事、刚上初中的小男孩而已。

"传说天上有种一出生就会飞翔的鸟，它们有三对翅膀却没有脚。一生只能在天空中度过，就连睡眠时也在飞行。最后当生命完结时便会坠入大地。没人见过它们真正的样子，这种鸟名叫自由鸟，也是我笔名的由来。"

"没人见过它们的样子？怎么会有人知道它们有三对翅膀，且没有脚呢？还有，不能想飞就飞、想停就停，却叫自由鸟，其实根本不自由嘛！"我对翎翎姐姐说。

翎翎姐姐这个叫法源自她的本名，而大家都因她的笔名昵称她"鸟儿"。

"你还真是发散性思维，想那么多。"自由鸟笑了笑，又接着对我说，"知道什么是所谓的自由吗？并不是无拘无束。就连宇宙也有边界，所以不存在绝对的自由。在有限的条件内寻求解脱才是自由的真谛，而绝对的自由反倒会让人迷失方向。或许自由鸟正是因为不自由才叫自由鸟吧！"

当时二十出头的自由鸟已在国企任职，但在企业之外，她是中国顶尖的新锐漫画家，同时还兼任国内最大漫画社团"自由极光漫画社"社长一职，在朝九晚五之外还要保持创作生活的热情就是她所谓的自由吧！而原本作为普通初中生的我也因此获得了第二重身份，担任她所管理的"自由极光漫画社"上海分社社长的职务。在国内还没漫展的时代，便组织社员参加笔友会，维护上海漫画作者的公共关系，编辑社团刊物，还同时管理着《少年漫画》以及《卡通王》杂志上的社团专栏。现在回想起整个初中时代，自己竟也是疾走在中国新漫画初始浪潮里的一员呢！而自由鸟，正是带领着我前进的人。友情，就是一种会带领人前进的情感吧！

步入高中，我将兴趣由漫画转向音乐和街舞，与志向相同的伙伴组建了演唱组取名 T.N.T，并签约经纪公司，因此参加了央视、湖南卫视等知名电视台的节目录制。还在当时上海颇有知名度的星光剧场举行了小型歌友会，报纸上对我们演唱组的报道是“每一根骨头都在跳舞”。

自由鸟看着这一切说：“想当初你是我的画迷，现在我成了你的歌迷。这一次就换我来为你欢呼吧！”于是她以我们组合的名字编绘了超前卫的科幻漫画《T.N.T 真夜时刻》。我们组合的成员挨个登场其中，我当然也不例外，在其中出演重要角色。但这并非我第一次出现在她的作品之中。

我作为她的画迷，出现在她的漫画中，她作为我的歌迷，出现在我的歌声里，我们是彼此的 Big Fan。我们将现实世界和作品中的世界相互连接，是从少年时代就开始的创作手法。这两个平行时空看似无关，其实总是相互影响共同发展。好比我们间的友情，就在我俩投球接球的瞬间，力量变得刚劲，小球划出的弧线越拉越长，不管接下去距离变得有多远，我们都能完美地接住并投掷回去。这是只属于两人的投球游戏。可惜的是自由鸟突然停止了故事连载，说得更确切点是放弃了漫画，决定不再画画而是全心全意投入公司工作。另一方面，我们 T.N.T 组合，也因为我高中毕业后选择去日本留学，停止了演艺活动。《T.N.T 真夜时刻》成为她唯一没有连载完成的作品，却成了界定我少年时代完结的标志。

“你不画漫画了，后悔吗？”我在国际电话中问自由鸟。

“二十五岁是一个分水岭。你已经在这颗星球上活了四分之一个世纪，必须要面对现实做出抉择与妥协。”她说。

“但那真的太可惜了，毕竟那么多年你的作品都很成功。”我回答得颇显无奈。在漫画界，自由鸟这个名字在我心中一直是中灯塔般的位置，如今这光源却消失在时代的骇浪之中。

“不能说可惜。还记得我之前写了关于你的文章吗？这就是接下去的创作方向。我在一家杂志开设了小说专栏，名叫《上帝在天花板上跳舞》。文字将成为我漫画创作的延续。他们还计划出版我的文字作品集，但我想换种模式，希望是我们两人共同的创作。就像交换日记那样。这也是前些日子收到你的来信获得的启发。或许这些信件就能构成书籍的内容。”自由鸟在电话那头说得有点兴奋，我的情绪也激动起来。这也为我在日本的留学生活多添加了一份使命感。

自由鸟想以《童年末日》这名字来命名我们的书，这名称也是我们当时的心情写照，源自我喜欢的艺人莫文蔚的一首歌名。但我并不喜欢翻版别人家的名字，我提议用另一个对仗工整且贴切内容的称谓——上海以东，东京海上。

当我念出这个书名的时候，脑子里浮现出我俩的信件在大海的上空飞翔的画面。闭上眼想象一下，在上海以东，东京的海上，会有怎样一个地方？是一番怎样的光景？这种悬而未决的飘浮感正是想让读者探寻的吸引力。就这样，我们坚持通信了好几年。按原定计划，自由鸟会在我回国后当面递上最后一封信。

那天，她跑来我家，将一个信封塞在我手里。我先看了下信封背面写着的那行字——为十年的友情。信封里放了一本书，是美国的经典绘本《我喜欢你》。在书的扉页处写着：

To LALA:

我喜欢你，因为你是我的BGF！

Best good friend！

希望你越来越帅！

From Free Bird

她说：“我留着这本书一年，就是想亲手交给你。”

我问她：“我以为你会写一封煽情的长信呢，为什么会是书呢？”

“因为我们输了。”她调侃说，“我们的孩子夭折了，我说的是《上海以东，东京海上》，这本书可能不能出版了。”她流露出对我感到抱歉的神情。

“别说得这么难过。我们还会有新机会的。”我安慰道。

户籍本被说成亲情的证书，而婚姻关系能见证爱情，那么友情呢？友情该用什么来印证？原以为我们共著的书籍能成为友情的证物，却惊奇地发现友情最好的证物只是彼此的存在。《我喜欢你》中写着这么一段话：“如果你找到两棵幸运草，就会送一棵给我。如果我找到了四棵，也会送两棵给你。如果一共只找到了三棵，那么我们就会一直找下去。有时我们很走运，有时我们不走运。”

收到《我喜欢你》并不是通信的休止符，而是我们情感另一层更高的台阶。还有什么事会比收到“我喜欢你”更值得感动的呢？

已经好久没煲电话粥的我，前些日子与自由鸟通了两个多小时电话。

“喂，翎翎姐姐吗？在做什么呀？”

“我刚吃完晚饭，边听音乐边构思新书。怎么啦？”

我说：“我想念段文字给你听。”

此刻，我一个人静默无声地坐着，想抽烟。我想我可以为了画画而活。是的，可以为了画画卑贱得如一条狗一般活着，永恒。

金钱、爱情、权利，一切的一切都毫无意义。我没有脸，没有名字，没有身体，全部生命的内核仅仅归纳成为一种欲望——灵魂扩张的欲望。

刚才无情地把拉拉赶去洗澡，宏俊也出去煮东西了，连音乐也停止了，甚至空气也不再流动了。

这是一场梦魇。我们在死去，从出生开始。

别跟我说话，因为灵魂从不对话。灵魂只是不停自我扩张，从不妥协，从不交流，甚至从不爱其他的灵魂。灵魂就是独立的宇宙。

我愿意杀人，杀死我自己，只剩下灵魂。

灵魂很孤独，但绝不寂寞。

我在同熊讲话，因为它有人形却没有灵魂。

“以上这些是你写在我记事本上的，日期是2001年1月28日。你还记得吗？”

我能感受到自由鸟在电话那头的停顿。“哇！让我消化一下，我刚吃完饭。”她总是这么爱打趣，“实在不记得我原来写了这些在你本子上。我甚至连这些内容的字面意思都理解不了了。哈哈哈哈，听不懂自己说过的话，很难以置信吧？”

“怎么会难理解？我都能想象出你当时是在怎样的情境下写了这段文字。”我边说边想起多年前还在做青春杂志编辑时的一件琐事，是关于未来的提问，那时我问起过一个十八岁男孩大学毕业后的理想，他说将来要为中国的原创漫画事业而奋斗，这回答听起来就像是出自年少时期我的口中，我顿时产生一种错觉，他就是多年前的我吧！而我竟不知从哪一刻起就忘记了这个梦想，成了平凡的大人。又想起我的爸爸曾这样说过，胸怀梦想就是青春。或许此刻每一个怀抱梦想的年轻人，都比此刻的我更接近于原本的我吧！而现在，自由鸟不能理解多年前自己所写下的文字，我却清晰地回想起当初她徘徊在漫画事业与朝九晚五国企生活中的痛苦，挣扎是否该放弃漫画事业。这种矛盾与压力如今也成了我的生活写照吧！只不过她放下了漫画，转向文字创作，而我开启漫画、文字、摄影、微电影、艺术设计的综合性创作。

我的体内无疑有着自由鸟青春灵魂的一部分，而与她对话，或许就是与未来的自己对话吧！

我接着对自由鸟说："我准备写一篇关于我们友情的文章，所以翻出了一些旧本子，寻找灵感。看到了当时你写的这段文字就想读给你听。"

"我们还年少时总爱讨论宇宙星辰，有次一个电话打了四个小时，现在真是没怎么变呢。"她说。

"你也没怎么变啊！我一直记得你说起的 UFO，我想告诉你我也看到了。"我对她说。

"什么时候？在哪里看到的？快跟我说说！"自由鸟在电话那头的兴奋劲已穿透了话筒。

我清了清嗓子说："前些天，我去编辑部。差不多是下午四点多，阳光正好。当我经过老房子的弄堂时，UFO 就出现在那儿。体积不大，站立起来的高度也就一米六多。中间隆起的肚子真的非常巨大，与两侧的体型成鲜明对比。穿着一件超大蓝色连衣裙，倒在躺椅上。"

"你的形容已经超出了我的理解范围。"自由鸟说。

"我看见的是一个在躺椅上晒太阳的孕妇呀！哈哈哈哈，我想象她那时高速旋转的样子，不正是一个最小型的 UFO 嘛！所以一切人类都是坐着这个飞碟降临到这个世界的。”我在电话这头乐个不停，接着说，“就只能坐一个乘客，这是全宇宙最孤独的飞碟了吧！”

“他有妈妈的陪伴，没准还有个兄弟姐妹坐在一起，完全不孤独。应该是全宇宙最紧密的拥抱吧！只可惜每个人一生只有一次乘坐机会。”自由鸟认真地说着。我们俩你一句我一句，接着这个话题聊了很久很久，就像《我喜欢你》中寻找第四棵幸运草的那两个孩子。

由衷感谢一半以上的人生有你陪伴。我保证你是这篇文章的第一读者，而你说我对友情的观察就像侦探游戏，谁让你加上我就成了特别的 FBI（Free Bird&I）组合了呢？（笑。）

王玄之 | 中国漫画研究会成员。

曾赴日于东放学园学习数码电影制作，归国后从事编辑、绘画、设计、创意、导演、写作等多种工作，却以“少年”为职业著称。
策划制作周笔畅写真集《如果我能说了算》，歌手武艺的旅行日记《别太想我哦》，摄影大师贝尔纳·弗孔作品集《时间男孩》与《永远的乡愁》等图书。

夏无觞 / ILLUSTRATION

一起度过寒冬

TEXT
—
贺伊曼

“春荣谁不慕，岁寒良独希。”

— 潘岳《金谷集作诗》—

我曾因为电箱烧爆被迫一周内辗转在三个朋友家借住。第一家睡了两天沙发，便被朋友的室友委婉提醒影响到公共空间，于是背着双肩包搬到偏远的第二个朋友家里，烦扰了她两天，电箱还是没修好。没有忍住在朋友圈里哀号了一嗓子，结果收到一条留言：来我家吧，拎包入住。

留言的人是个作家。此前我们没有特别熟，至少没熟到能到对方家留宿的程度。中学时代看过她的文章，后来她来我的餐厅吃饭才相互认识。我不善交际，平时微信里很少和她互动，私下里和其他朋友一起吃过一次饭，仅此而已。

本以为从此以后仍然是点赞之交的关系，但这条留言似乎像一条分水岭，划开了没什么交集的从前，往后的日子我们才一步步开始成为真正意义上的朋友。

我忐忑又怀抱歉意地来到她家，她指指卧室的床让我睡，把自己的笔记本电脑和被子抱到客厅的沙发上。我迅速环顾四周，她家里收拾得整洁体面，颇有品位。老实说，我一直认为作家们把心思都放在遣词造句上了，很少有人能在居家环境上有不输于文学的审美，她似乎是例外。室内装潢看得出花了很多心思，有精妙到位的细节设计，即便她轻描淡写说起“离建材市场近，构思好就能出门选材料找工人"，但这事可不是人人做起来都能游刃有余的。我这种连买房资格都不知何时能具备的人，很难不在初来乍到时羡慕个老半天。

借住的那些天，她每天早上给我煎蛋煮一碗面，一开始以为她习惯起早，后来才知道是专门起来帮我处理早饭，等我吃完她又倒头补觉。面是泡面，已过了一道水把油滤掉，蛋是单面煎的，看起来技巧娴熟，像在夜宵时分练习过上百次。沙发是她的，床是我的，一夜之间不劳而获的快乐简直翻了倍，令我白天乘地铁回餐厅时步伐轻盈许多，暂时把搞不定的电箱抛在脑后。

晚上回家她往往坐在电脑前，手边放着网购回来的坚果和果干，我不在家，她就懒得开火做饭。

"干吗呢？"通常我问。

"看《欲望都市》。"她答。

有时是《破产姐妹》。

"不写新小说啊？"

她摇摇头，仿佛这事和她无关。

印象里她很难被归为低产的作家，以一年大约两到三本的速度出着书，有时会有翻译作品。这需要大量的时间写作，但……她究竟什么时候写小说呢？我们的同居生活中布满疑团。

有一个晚上出门买夜宵，她说我去取钱你等等我。我在寒风中站了一会儿，她回来的时候脸上笑盈盈的，像被逗乐了一样："你猜怎么着，我卡里竟然只有十块钱了哈哈哈哈，我本以为我这个月还很充裕。"

后来我们用零钱买了一碗兰州拉面，加一个蛋，回到她客厅里边看《武媚娘》边吃。

"我以为你住这么大的房子，应该至少有些存款，毕竟你是……知名作家。"我吃着面条忍不住还是发问了。

"在你这儿'知名'的门槛也太低了。"她白了我一眼。

我半天不好意思接话，好在过了一会儿，她又慢悠悠地主动聊起来："大概我父母做过的最正确的决定，就是十年前我刚来上海的时候逼迫我买下这套房子。"

“那时候很叛逆的，又倔，只想好好谈恋爱，谁要买房啊这么不酷。所以不理解他们的强硬。但现在看来，简直像救了我一条命，我因此……”她突然笑到不行，“因此理解了‘再生父母’这个词啊哈哈哈……”

“伯父伯母英明。”我幽幽地叹了一口气，很不识相地追问，“但你怎么会沦落到卡里没有钱？”

“你一个开餐厅的当然不懂，稿费杯水车薪啊。”

后来我去跟出版社的编辑们打听，原来翻译的稿费千字50块是常有的事。

“那没有钱怎么办？”我又问出一个傻问题。

“稿费虽然不多，但断断续续总会打进来，所以作家们都需要信用卡的呀。”窘境被她形容得轻描淡写。

“那没想过再做一份收入稳定的工作，同时写作吗？”

“不会了。”她想了想，很笃定地说，“也不是没当过上班族，但太难兼顾了，以后应该也不会再尝试做其他工作。所以可以说，除了写作以外，我孑然一身。”

“还有这套房子……”我补充。

“打你哦。”

于是我们又回归到日常话题当中。

“这个蛋双面煎的，太老啊！”我敲着碗边评价，完全忘记应该顺便夸一下她的厨艺。

更多时候我们就着电视剧的背景音，有一搭没一搭地聊天。聊点感情，聊点八卦，讨论点不可避免地落在某个不靠谱的前任身上。她如我预料的那样，有过几个非同寻常的恋爱对象，也有几段似乎还没有开始就潦草结束的感情，像她小说里写到的那样，很多情感曾经实实在在地发生过，最终消逝了。

感叹完爱情的迷人又不可捉摸，我回她的卧室睡觉，她留在客厅。我们都晚睡，她看书我看手机，大约凌晨两三点钟在微信上互道晚安，一天就这样结束了。

我没好意思讲我其实中学时代就看过她的小说，怕她因此觉得自己老了。毕竟过了某个生日以后，衰老就变成了每一个女性的噩梦，梦想什么的，在“不要变老”面前渺如尘埃。不过我真的没想到她也会看国产连续剧当娱乐消遣，这超出了我对作家生活的假设。更没料到多年写作如她，也会……卡里没有钱。而没有钱的时候，还要与我这个突降的房客合吃一碗面。

那阵子我的餐厅不太太平，有一晚客人闹事，我半夜从派出所出来，到家她还没有睡。她不多过问，帮我打开热水器和卧房的空调，等我洗完躺倒在床上，她客厅的灯才熄灭。算了算我差不多到了当年她买房的年纪吧，还有一点叛逆和倔强没有完全从身体里脱离，总想挑“酷”一点的事情做，所以选择了开店，创一个文艺青年的业。

只是没想到开店带给我的，大多不是快乐。我也说不清这是不是一个明智的选择，在此之前我试图找一份摄影师的工作，但放弃了。更多年前还想过成为一个以写作为生的人，也在未完成十分之一的时候放弃了。很多事我最终都选择了放弃，像一项特长。如今开店进入第三年，无聊的琐碎和看似无意义的忙碌几乎占据了我全部时间，我又想起我最擅长的放弃，却沮丧地发现它不再是毫无成本，甚至变得和前进同样艰难了。而我到底想做什么呢？有什么事能够让我像作家一样，说出“以后应该也不会再尝试做其他工作”那样笃定的话来呢？

电箱似乎是计算好了时间在这个时候爆掉的。那可能是我一年中感到最狼狈的一天，有家不能回，忙碌和混乱让我感觉自己没办法解决这糟糕的一切，然后我住进了她的家，似乎维持住了最后一点体面。

后来我想，可能作家那时也经历着和我类似的阵痛期吧。写作遇到瓶颈只能看连续剧消磨时间，不想照顾自己的身体，不准时吃饭，卡里没有多余的钱。没在做什么有意义的事，好像也并不想做。可能最大的成就感，来自收留了似乎比她更糟的我。

那几个看着电视剧有一搭没一搭聊天的夜晚，我们都心事重重，手里却做着最轻盈的事。不费心的连续剧，对情感的追溯，无关痛痒的八卦……讨论着这些的我们，那一刻成为在彼此落满雾气的生活里相互取暖的同伴。

今年的这个时候，我们边吃火锅边聊起去年的事，在蒸腾的热气里觉得恍如隔世。霜降早已过去了。也不过就一年，已经可以恣意地嘲笑起那种狼狈感了，当时却着实觉得沉重。

“最近译了一本新书，快上市了。”我们讨论着近况，上个冬天过完好像一切又回归到正常的轨道，我租了新的房子，门前有一台完好的看上去十年也不会烧坏的电箱。不久之后她恢复了写作：“爱情故事既然写无可写，不如就翻译本好书吧，从大师身上体会到不少心得。”

“还看美剧吗？”我问。

“很偶尔。”

“还孑然一身吗？”我没忍住八卦之心。

“打你哦。”她再次实实在在地把筷子敲到我头上，“你开餐厅也三年了啊。”

“嗯……”我吃着滚烫的沾着红油的鸭血含糊不清地回答。餐厅今年经历了一轮翻修，继续不温不火地运营着。至于我仍挂念着的某件很“酷”的事，让我“以后应该也不会再尝试做其他工作”的那件事，我还没有找到，但是……

“你刚开业我跟朋友来吃饭，看你在前台忙忙碌碌，笨拙地做饮料，像小姑娘一样安排看起来比你年纪大的员工做事情。”作家忽然聊起了我们第一次的见面，“后来你来我们这桌招呼，看起来一副不擅社交的样子，但又硬撑着跟我们每个人聊天。聊得不好哈哈，很尴尬。”

“这样啊……”我为我的尴尬感到抱歉。

“你做那些事的时候神情很犹豫，但又一副没办法必须得完成的样子。当时大家说，开店是你的梦想，我就觉得说，哦，你那个状态，到底是梦想未完成还是实现了之后的样子啊？犹豫但又坚定，开心和不开心的界限非常模糊。”

“是吗……”很想看看那时的画面回放，如果有的话。

“但我自己时常也是这样，写作对我来说，快乐和不快乐往往只是瞬念之差。会有徘徊和犹疑的时候，像被海浪来回推着游泳一样，想奋力抓住点什么，但好像除了海水什么也摸不到，抬头岸还在很远处。会晕，会反胃，会沮丧和绝望……我知道你差不多也是这样，其实大家差不多都是这样，最终只能往前游。”

到这里，我有点明白她当初为什么乐意收留我了。其实很多时候也没有为什么，就像她并没有真的给出解释，但我也明白了。这一刻我相信我们真的是朋友，而不再是从前那种“听说已久”，或是“人群里瞥到一个很像自己的人”的关系了。

我清了清喉咙，不太有底气地说：“我可能……要开始写东西了。”

“啥？”她惊讶地盯着我，“你不是大学毕业后就没再写过了吗？”

“是啊，我知道这样很不容易……前两天试着写了一些，语感一塌糊涂，日记都写不来了。”我大概想明白了，目前我还无法笃定地找到非做不可的事，但不知是不是受了她的影响，想先从拾起那个很多人愿意沉迷一生的爱好开始。

“写作这件事不容易，倒也没有那么难。”作家安慰我，似乎也是安慰自己，“忘了是谁说的，写作穷其一生都是在找自己的语言，不是说一定能找到，但找的过程中你完成了写作。这不也挺好的吗？”

是挺好的。于是我重新回忆，也认真地写了写和她之间的故事。

贺伊曼 | 编辑，也开餐厅。
【馆子House198】、【WakeWake！】掌柜。
◎ 偶尔写点字，拍点照，长期宅在上海。

夏无觞 / ILLUSTRATION

仿似你欢喜的歌

TEXT
—
不辞

“人生若只如初见，何事秋风悲画扇。”

— 纳兰性德《木兰词》—

< 0 >

我永远也忘不了那一刻。阴天掺了水一样稀薄的日照里，冯梁长身而立，后脑的发梢微卷，瘦而白皙，墨绿色衬衫的袖子卷到手肘处，他说，我叫冯梁，冯唐易老的冯，朝梁暮周的梁。

我耳边响着的不是上课铃了，是森林里的小夜曲。这整个画面，像平行世界中已经上演过的一个长镜头。

< 1 >

其实我堂哥上高中的时候——很多年前了，物理老师也是冯梁。

堂哥本来不用寄宿，只是中考后太过放飞自我，剃光了头发，露出青色的头皮，打了四个耳洞，和几个朋友组乐队去了。现在想来，那大概是他姗姗来迟的青春期的开端。连着几天夜不归宿之后，大伯在一个车库找到他，中午十二点，他还在睡觉，地上有空的百威啤酒罐，贝斯就放在旁边。一个T恤上画着比中指图案的男生在角落打鼓，见了来人点一点头，算是打过招呼，便继续沉浸在自己的音乐世界中了。

堂哥被揪回家也没有激烈反抗，大概是因为在家里有更好的伙食条件和睡眠质量，但还是每天往外跑，去排练他们的车库摇滚。我那时年纪很小，听大人说起，捧着焦糖纸杯蛋糕问他为什么有家不回。他说，自由永远是值得追求的，没有但是。

暑假很快过去，冯梁成了他的班主任。没熬过一个月，一天晚上冯梁查宿舍，他的床空在那里。

于是出去找人，寻遍了周边的网吧，都没见到他影子。在第十四家门口，冯梁靠在墙边抽一支烟。天上的星星亮得异常，如同给予人间的某种征兆。尼古丁和焦油在他血液里流淌，是一条充斥着烟雾的河流。大红色的烟盒里本来所剩无多，晃一晃，发出空荡荡的声响，很快就空了。

冯梁进了门，在一台机子前面找到正在游戏中杀得眼睛发红的堂哥，还有两个同伙，拎回了学校。一路上，不知是飒飒的风还是别的什么原因，使堂哥的鼻涕拖得很长。到了办公室，墙上的钟指示着一点，三名学生站成一排，没有人说话，好像某种对峙。

冯梁慢慢地烧水、取茶包，给自己泡了杯茶。半晌，他问，你们谁是老大？

堂哥没动，另两个人往后缩了缩。

下一秒，冯梁的拳头落在他肩上，你是老大，我是老几？

< 2 >

冯梁的手是很好看的，白皙修长，骨节分明，屈指敲几下黑板：看这里。他写的字也是好看的，笔画转折有棱有角。我物理成绩不好，也不感兴趣，他讲课的时候我在下面画画，在作业下面藏画报杂志。小测的时候我在卷子边上用小字写，物理怪物。批改完发下来，下面多了两个红笔字，怕了？语气中很有几分狂

狷意味。

那天物理自习，同桌给我一个电人口香糖，我放在桌子下面摆弄着玩，冯梁不知什么时候从后门进来的，在我反应过来之前，从我手里捉走了那个整蛊玩具。我没敢动作，盯着课本引言一行看了十多遍，也没抬头去瞥他的脸色。后来据目击同学说，冯梁把口香糖拿在眼前，拇指和食指夹住里面一片，往外一抽，然后，整个人都颤了一下。

后果是冯梁每天让我多做十道题，做完给他检查。

同桌说：你在他的课上做动作，就是撞上了他的枪口；你对他造成了人身伤害，就是撞上了他的扳机，唉，想吃啥就多吃点儿吧。但我的感觉，却像是撞上树桩的那只兔子，一阵难以言明的眩晕。

我去办公室问问题，他拿一把黑色折叠椅让我坐。有时十道题里错得多了，讲一节自习，到一半口渴了，顺便倒杯茶给我，用一次性纸杯盛着，外面罩了塑料杯套。我接了，捧在手里。快打铃时他手机响了，他到外面去接电话。我一个人坐在他略显凌乱的办公桌前，风从大开的窗户吹进来，挟裹着被灯光稀释了的夜色，把硬皮笔记本掀得哗啦作响。我看见扉页上一行小号毛笔写的行楷，是句我没听过的词，“醉梦里，年华暗换”。

我心脏狂跳，往外面看去，走廊里光线还是暗的，凸显出照在他脸上的一束洁白的月光。他转过头来，摆手示意一时半会儿讲不完，让我先回。

我走之前把杯子里的水喝了，不过是分三次。好像是工夫茶的规矩，三次意味着很尊敬。

<3>

我对同桌说，冯梁大学的时候站在学校餐厅中间的桌子上，抱着吉他唱歌，周围的人都仰头看他，没人阻止他。语文老师跟我聊天的时候告诉我的。他还会写诗。同桌说，所以你喜欢他？我又讲了堂哥的事，同桌问，你堂哥叫什么名字？我说，肖时。同桌说，我知道他。

同桌的表姐是在南方度过童年的，后来到北方读书，名字的读音听起来像是舟舟。很长一段时间里寡言少语，像是生活在乌云里。班级聚会的时候一起去吃火锅，在蒸腾着的热气中专注地捞牛肉和冬笋。之后去唱歌，KTV 房间里灯光旋转，紫红与冰蓝色四处流溢，嬉笑交谈声汇聚成模糊的一片。她坐在暗处喝杨梅酒，一杯接一杯，完全没有醉意。她是很容易感到索然无味的，感到每个人都在朝山的另一边大喊，渴望被听到，被回答，产生联系，然而只有回声，只有互相倾诉，没有对话。然后她听到有人开始唱 Got me a ticket and I won’t be long，才觉得有点上头了。

那时唱片店还没有完全在路边消失，她叫上肖时，两人一起提前出来了去挑。冬天的风吹得人凛冽清醒，街道上亮着大红色霓虹的店铺招牌好看极了，他们走着就飘起了细雪，把地面打得湿漉漉的。之后上学时，他们带了各自的收藏想要交换。放学后两个人留在了教室里，其他人都走没了，渐渐安静到可以听见头顶的白色灯管发出细小的嗡嗡声。还没来得及充分安利，走廊里传来脚步声。

冯梁的脚步声其实很容易分辨，如果他不刻意掩饰的话，走一步是一步的感觉。学校对男女关系抓得很严，她有点慌，于是拉着对方躲到了桌子底下。

冯梁走到门口的时候，看到的就是教室里亮着灯、空无一人的景象。

于是他就把灯关了，把门锁了，走了。

他们还有点不适应突如其来的黑暗。晚上两个人被锁在四楼教室里是什么体验？欲哭无泪，忧心如焚，插翅难飞。但是，胸口里面，膨胀着一种懊恼的喜悦，像是她小时候用勺子去舀掉到长颈瓷瓶里的弹珠，结果把勺子也掉进里面。这太滑稽了，简直要抑制不住大笑的冲动了。即使是现在想起来，也还是有种新鲜的快意。她本来是可以直接把弹珠倒出来的，为什么要用勺子呢？真是可爱。

他们从窗户里探出去，向还没走远的同学喊话，上楼开门，江湖救急！果真有人听见了转头往上看，掉头回来。舟舟本来以为得救了，只是救兵还没到，冯梁的回马枪就杀到了门口。

<4>

雨太大了，把世间填得没有空隙一样。夜晚的校园人声渐息，我走得晚，慢

吞吞踩进水里。走了段路才发现前面的人是冯梁，不疾不徐地撑着一把黑伞。分科之后他不再教我，但我依然经常看到他，走廊里，操场边，经过办公室时稍纵即逝的一瞥。到拐弯处，他从兜里掏出烟来，用手遮着风点上火。他的伞因为手里的动作斜在一边，路灯昏黄的光照下，侧脸的轮廓像是钢笔绘出的。我快走了几步，经过他时说，老师再见。

冯梁笑着说，再见。

那之后，很莫名其妙地我就很少看到他了。同桌还在原来的班级原来的教室原来的位置，有时周末我和他去书店挑画册，完了一起去看个电影。那天等开场的时候我去买奶茶，回来看到他正跟人说话。那张脸是有点熟悉的，眉眼细长。同桌说，这是我表姐舟舟。我说，我知道，小时候见过的。

高考后班里聚会，同桌打电话来，我正在家里吃樱桃杏仁点心，推辞说分班后好多人都不认识，他说，冯梁这次来。我想了想还是换衣服去了。进门的时候冯梁在被起哄唱歌，闪光彩灯扫来扫去，我在边上看着他，像看着银河帝国的心脏。这个时刻很容易回忆起我上他的第一节课，推门逆着光看到他站在讲台上。但那也不是我第一次见他。

七年前，我还是个小学生的暑假里的一天，我去堂哥家里玩，大人都上班去了，出门前拿出冰镇西瓜和薯片，让我在沙发上看动画片。肖时在房间里写作业，突然扔了笔要出去，我说，我也去。肖时没让，说两个小时就回来。我被一种突如其来的神奇灵感所激发，决定跟踪他。

那时的肖时很瘦，穿着白T恤在树荫里走，我小跑才跟得上。那家KTV其实很近，不过步行十分钟的距离，只是走廊错综如迷宫，我跟进去就迷了路，碰见了在卫生间边上抽烟的年轻的冯梁。或许是看我一脸无措，他掐灭了烟，给了我一支樱桃味的棒棒糖。我没吃陌生人给的东西，只把它攥在手心。我孤立无援，丢失方向，在装修得金碧辉煌的KTV里东奔西撞，抓着手里的糖，像抓着一根稻草。

又不知绕了多久，转过弯看到走廊尽处堂哥的身影进了一个房间，我跑过去推开门，却只看到在唱歌的冯梁。他放下话筒走过来，蹲下身子问我找谁。

我说，肖时。他挑了下眉，说，是你哥哥吗，这么巧，那你知道他是和谁在一起吗。我说，舟舟，和我玩过的，我刚才看见他们进来了。冯梁说，可能是隔壁房间，我领你去找吗？我突然觉得自己的跟踪行为是不体面的，转身跑了。我一路跑回家，拿勺子一口一口把半个西瓜吃完，撑得肚子疼，肖时终于回来了，面色如常，应该是没有发现。

兜兜转转这么多年，冯梁开口的时候，我好像又回到那个声声蝉鸣的夏天。听到"请你望向我，仍惯性笑笑似最初一样，仍感觉到你我也认识过……仍会略略提及我，仿似你欢喜的歌"。我就是在这时明白了，冯梁身上令我着迷的东西是什么。

无关风月，只是时光。

在我注视过的季节里，他穿格子棉衬衫，褐色系带皮鞋，秋天套一件黑色运动外套或浅灰皮夹克，冬天墨绿羽绒服的帽子上镶一圈毛。我已经很久没听过肖时弹起电吉他，舟舟摘抄过"像木头一样哭着，像花色的土散着香气"的本子丢失在不知第几次搬家中，冯梁也再也不能像二十多岁时那样，在深夜一点对学生说出"你是老大，我是老几"这样的话来了，可是他依然那么好看。

人们以为不曾失去是一种幸运，其实，失去也是的。

不辞

在上海念书的文字爱好者。
重度选择困难症患者，手上扒着deadline嘴里喊着想自由。
◎ 心间有猿意间有马胸中有小鹿。一生热爱甜蜜庸俗。

我身边的他

关于他的小故事，让很多人都充满好奇。他身兼多重身份：总裁、导演、编剧、出品人……一路走来，在他的身上发生了不小的变化，或许一直不变的是他始终坚定地朝着目标前进。然而，有关这些变化的细节过程鲜少被人知晓，于是这一次，我们邀请到他身边最亲近的伙伴们，听听他们口中最真实的他。

第三者 [阿亮]

和小四相识已经进入了第十五个年头，我俩也从当初青葱懵懂的大学新生，迈入了人生的新阶段。如今我和我家河马也扯了证，办了婚礼，步入了人妻行列。随着河马渐渐地进入我的朋友圈子，我的手机微信里出现了一个叫作“夫妻间的第三者”的微信群，顾名思义，群里只有三名成员：我、河马、小四。然而，究竟谁才是这个群里的第三者，这件事一直很让我困惑。

首先，小四和河马才是相谈甚欢的那两个，两个男人从《仙境传说》，到《阴阳师》，到《生化危机》，再到《最终幻想》……从手游到PS4关于游戏总有无穷无尽的话题，很多时候我都插不上话。

而平时有什么活动，我叫不动河马的时候，往往小四说一句话他就立刻响应。就比如看电影，小四在群里一喊，河马就立刻出现，并且两个男人总是彼此主动坐在对方身边的位置，所以大部分时候都是小四在中间，我和河马两边包夹的阵型。

并且作为家属的河马，在小四招呼下随他出入各大明星云集的社交场合，和奚梦瑶唱歌，和晓明哥喝酒和baby玩《狼人杀》。还在陈学冬生日会时从几百名粉丝里被抽中上台，差点被惊到的冬哥赶下去。

如今哪怕我不在，小四都带着河马玩得风生水起，什么共享单车夜骑，一两点的夜宵火锅之旅都是家常便饭……

我还记得过去我和小四常常聊起以后成了家，自己的另一半会不会很难融入现在的圈子，是不是不能像现在这样一起玩了。结果这会儿我怕是要担心老板和老公玩得太好，把我变成那个第三者了……

神奇作息 [李茜]

在大家的意识里，作家基本就被定性为一种昼伏夜出、作息颠倒的职业，虽然我认识的作家里如此作息的人的确占比较大（当然也有那种处于另一极端的，作息比一般上班族都规律的存在，比如鄙人……），但要说我认识的人里作息最极端的，非郭导莫属。

如果说以前他还只是作家时，作息跟别的很多作家差不多，那最近几年从他做了导演，整个作息就逐渐超越了“颠倒”的范畴。

自从筹备新电影开始，经常反复出现的故事是这样的：我属于早睡早起的那类，早上起来打开手机，发现郭导兴冲冲地发了个剧本的最新修改版过来：“你看看我最新改的部分，浮不浮夸？！”一看时间，是凌晨四点发的。我估摸着导演已经睡了，看完剧本，动作场面改得上天入地，于是微信回复：“你就是天生浮夸！”结果一秒钟后导演回复了：“哈哈哈哈。”我不禁看下时间，早上七点多，愣住：“导演你这是醒了还是没睡？”导演默默地发：“还没……”

“导演你这是醒了还是没睡？”这个问句已经成了我司高频率使用的一个固定用法，同事们纷纷惊奇地发现无论他们哪个时间段用微信找郭导，都会在第一时间迅速得到回复……

如果只是微信上的联络可能还不算厉害，吓人的是大家互相对了对郭导的时间表，会更加惊悚地发现在郭导号称他通宵没睡的时候，有时他早上要去跟导演组看景，大部分时间下午有各种会议开到晚上，而大晚上经常还有他跟朋友的局要应酬……于是大家的问句纷纷变成了——“导演你一天到底睡不睡觉？”（然后郭导表示自己一定要调整作息，当然我们笑笑表示不信……）

总之，这是“神奇郭导”身上又一个神奇的地方……

［冯天］ 神抽圣手，游戏霸主

我是一个重度网瘾少年，热爱一切好玩的网游。曾经年轻不懂事的时候，还因为痴迷网游，而垮掉了一个重要的项目（感谢公司没有封杀我）。有的游戏我很擅长，例如《剑三》《英雄联盟》《守望先锋》，但有的游戏我完全玩不好，例如《炉石传说》《龙与地下城》《天涯明月刀》，所以即便是我这样的重度网瘾少年，也不是什么网游都能驾驭的。

但是他的出现，让我对游戏世界的理解，完全破碎了。

先不聊他曾经在《王者荣耀》还没大火的时候，就已经是国服第一荆轲的故事了。

我们翻开一篇网游文，最常见的设定就是，主角被开了金手指，在新人村的时候就能得到逆天的宝物，从此所向披靡。我曾经觉得，这已经是作者能给主角加的最大的光环了，直到我跟他一起玩《阴阳师》。

他入坑比我们晚一些，我们在四十级的时候，他才有空吃我们的安利。要知道，当时的《阴阳师》可不是现在这种人人都有SSR的游戏，那时候你能抽到一个SSR，基本上跟中了五百万彩票一样幸运。他抽完之后，发截图问我们：“你们帮忙看看，这些式神哪个有用啊？”结果我们的狗眼都被闪瞎了，他几乎有一整个屏幕的SSR，光酒吞就有3个。

我们四十级的时候，才刚好能打御魂六，他二十五级的时候，就通关了。

他开始不满足于此了，开始研究战术，研究卡牌的搭配。经常半夜告诉我们一个爆炸信息——他又研究出来了一种极其肮脏的竞技场套路，各种用R卡吊打

SSR卡，在此影响下，我们区竞技场的风气从此走歪。

后来A了《阴阳师》，他又去玩了另一个手游，叫《刀剑乱舞》。但我们都没有玩，他就有些寂寞。有一天，他跟我分享，说有个客服小×，在陪他玩，还老是送他礼包。我偷偷百度了下，那个小×，是这个游戏的运营总监。

我就问，这种主角光环，哪个网游文敢这么写！

[猫某人] 安利之友，心灵导师

每一家都有一个棘手的小孩的话，我想我算是的……敏感、激烈，而不通人情世故，forever。但是，我自从2009年结束了漫长的学校生活，进入人生中第一家工作单位，这么长的时间里都和郭导一起工作而没有辞职（……）或者被辞退（……），仔细想想，并不是我有多么才华横溢，而是因为我们私人关系非常要好（……）。

我们的关系中没有酒肉，因为我俩对吃都没什么兴趣，他一直提醒我吃太多会衰老，于是我接受了他极端克制的生活方式……慢慢地我变成了一个苍白而瘦弱的人，直到有一天在会议桌上，他惊呼："你的胳膊居然跟我差不多……哦，还是我更瘦！"我用实际行动证实了我对他的安利的认同——这真的是友谊中一个重要的部分。而我的信息涉猎很广，看到什么尖端猎奇的作品，也会不遗余力地安利给他，当看到他积极了解很多人根本不屑去了解的实验性动画，和第一时间购买了美丽而昂贵的电子产品去探索，我很欣慰，他果然是富有的，精神和物质（……）都是。

我俩碰面的时间并不多，而保持着一种私密的深度交流，会讨论很多【不能公开】与经济问题，进行思维交换和认知上的查漏补缺，比如说【不能公开】的坏话（……）——这也是友谊中一个重要的部分。

而更重要的部分，是他从来不会用世俗的腔调教育你应该去应酬，应该去恋爱结婚生子，他经常要求自己和别人的是“要打破自我的上限”。现如今，这样尊重个性、强调成长、不抽烟酗酒、不信鬼神、不玩手串的男人太珍稀了，作为领导更是了……所以我很信任他，包括他说的刻薄话——哦，他最近对我说的最刻薄的话，就是“你在××和×××这件事上永远赶不上我，所以你要努力学习”，我很生气！我记得牢牢的！

……于是开始努力学习。

你不知道的四 [胡小西]

“下一站”项目去台北的时候，有一天的午饭是吃农家乐，有道菜是把烧热的石头丢进装了葱姜蒜等调料以及鱼肉块的冷水中，利用石块散发的温度煮熟鱼肉。他很怕鱼我们都知道，所以已经让厨师把鱼块尽可能切得看不出是鱼了。但他依然受好奇心驱使，想观看一下烹制过程，结果当然是反胃头晕想吐，慌忙跑到一旁的水池边，没想到水池就是鱼塘，里面有很多游来游去的活鱼……

南法之旅有近半个月的行程安排，当反应过来时间太长时已经晚了，每天的行程和酒店全部定好无法更改，他只好带着工作出门。每天去不同的葡萄酒庄和历史建筑场馆。其中一个古庄园特别神秘，每一间房里都被主人生前使用过的物品塞得满满的，屋内也异常清冷，我们几个人便相约去洗手间一定要一起（……）。等我从洗手间出来的时候他突然从拐角跳出来，吓得我挥手撞到门把手上，因为戴了手表所以碰撞的声音特别响，他赶紧看我的手（和手表）是不是撞坏了。

还是在台北。我们一行人在海边奔跑、拍照折腾累了，来到堤坝边看着天光慢慢暗下来。我的外套袖子是可拆卸的那种拉链结构，下午一直当马甲穿，此时海风吹得有点冷，就想把袖子组装上。他觉得这很有趣，就提议要跟痕痕比赛，我套好袖子站在他俩中间，看谁先帮我把袖子组装好。如果你从旁边路过，一定看不出这群嘻嘻哈哈打闹的人都快要奔三了。

只看这几个故事，你一定猜不出文中的“他”就是你们通过各种新闻渠道了解到的那个郭敬明。作家、导演、出品人、商人……可能未来他还会有更多的身份。他需要处理和面对的问题也会更加复杂。虽然他一直说不喜欢旅行，耽误工作又“浪费”时间。但我依然能看到旅途中那个快乐的、真实的他。

至今未送出的保温杯 ［笛安］

以前我们俩几乎每隔几周就要见一面，要不我去上海，要不他来北京，或者我们在机场见面一起去别的地方。

他开始全力以赴地拍电影以后，有一天我突然发现，我好像已经七八个月没有看见他了。电影拍完，大家一起聚的时候，他坐在人群中，不再像曾经那样猛烈地组织大家玩骰子喝酒，他象征性地跟我碰了碰杯，我难以置信地说你怎么不灌我喝酒了发生了什么，他诚恳地苦笑着说，我有点累。

那几部电影像是潘多拉的盒子，把那个曾经爱极了热闹和起哄的他，变成了一个喜欢安静的……大人。一开始我真有点受不了，尤其是他还在一边起劲地说：美笛，你一定不要总是熬夜，你要注意身体，你总有熬不动的时候……当时我想，下一次过生日，我不如送他一个保温杯。

今年夏天，我被一个电影的片方邀请去看新片首映，结果去了才发现，他是片方的红毯嘉宾。他说，美笛你跟我一起走红毯。我说不行我穿着牛仔裤和球鞋来的，根本只是来看个电影就静静消失。他说，不要嘛你就当是陪我一下……那个瞬间我觉得挺安慰的，原来那个喜欢耍赖的小朋友并没有走远，等他元气恢复了，就会回来的。Ⓣ

片场工作

当演员的导演

李茜

在片场，导演都是鸭舌帽、羽绒服的装扮，标准的“导演”配置。拍戏的时候，他专注地看着显示器，其他时候他总是沉浸在思考中，思考这场戏是否还有问题，思考接下来的一场戏……只有一场戏拍满意了，他才会趁着等戏的间隙，恢复成那个生龙活虎爱笑爱闹的活宝。在剧组工作是常人很难想象的状态，没有固定的工作场所、没有固定的工作时间、没有正常的季节概念、没有固定的工作同事，一切都是暂时的，却要在这短暂的相聚中，创造出凝刻银幕的光华。

片场休憩

沉思的导演

审监视器

生病的导演

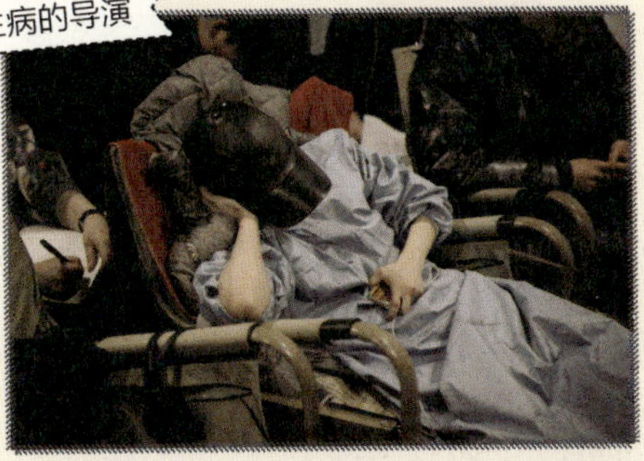

工作照

讲戏的导演

工作照

专注的导演

指导演员

日常工作

孙方春

作为郭霸霸的贴身助理，陪伴他走南闯北已经七年有余。一路走来，见证了他今非昔比的变化，最直观的感受就是他变得越来越忙碌了，睡眠时间越来越少，饮食作息越来越不规律，赶飞机的次数越来越频繁，会务的人物越来越多、领域越来越广。最疯狂的时候会议安排从早上七点开始，到第二天凌晨四点才结束，一早再继续，然而这样的情况也变得越来越家常便饭了，就这样拖着疲惫不堪的身体日复一日年复一年。我们这些身边的人因此也发生了潜移默化的改变，这些改变都令人热血鼓舞并且充满动力，期待他未来继续创造更多的变化。

工作日程表 ▶

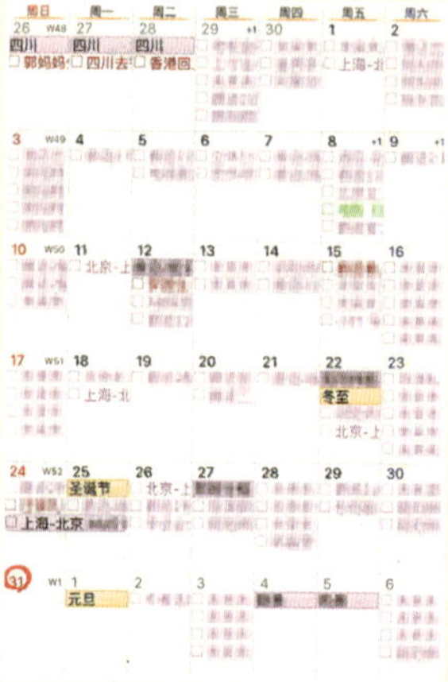

一边审读剧本一边吃饭

机场赶飞机

交流工作

开会

日常生活

YoYo

作为掌管郭霸霸衣食住行的生活助理，关于他的种种生活癖好我可以说出来一大堆，然而一直以来觉得他最异于常人的还是他的饮食。他对吃饭的低需求令平常人绝对无法忍受，常常一天只吃一顿，有时候甚至一盘水果就是他一天的摄入量。他总是工作到天亮才睡下，醒来之后就是满满的会议安排在等待着他，很多时候并没有时间好好地吃一顿饭，因此会议室的办公桌往往也成了他的“餐桌”，这一天只吃一顿的饭，十有八九还是在会议桌上吃的。只想对瘦得让人望尘莫及的郭霸霸说：“还是要好好爱惜自己的身体啊，毕竟也步入需要养生的年龄了……”（尖叫逃走……）

妈妈寄来亲手做的家乡菜

厚厚的杂志剪贴本

冰箱储存最多的食物

吃最多的水果餐

最近阅读的枕边书

外出工作时的餐饮

作为一个少年成名的代表，郭敬明已经在人们的视野中存在了许久，当年同一批的少年作家里，大部分已经淡出，甚至告别了作家这个身份。郭敬明却仍然活跃着，并且一次又一次登上舆论的巅峰，以至引领着一种时代的风潮。

但与他的“引领”所相反的，人们对于郭敬明的认知，始终晚于他的步伐。一方面，是他个人的低调——估计这么说，许多人要嗤之以鼻，而这正好说明人们对他认知的亘古不变——是的，人们习惯于每次郭敬明引领舆论时铺天盖地的宣传，但很少有人看到，这一次与下一次舆论形成之间的时间间隙里，你其实很难看到郭敬明在做什么，直到他带着新的成果出现，掀起又一轮新的舆论风潮。郭敬明其实是一个要带着结果才会出现在公众面前的人，而为到达结果之间的艰难过程，他选择自己默默经历，而不是极尽渲染。

另一方面，也因为媒体对于郭敬明的报道始终有原地打转的倾向，媒体人一次次书写着他青少年时期的过去，对于他的现在则更多是一种笼统的空中楼阁的

笔墨——“成功”“富有”……之类励志学般的总结，在这样的报道中，其实你并不能真的看到郭敬明这个人本身的成长。

是的，成长，在大众眼中离郭敬明很远的词语，其实真切地刻在他一路以来不为人知的点点滴滴中。郭敬明三十五岁了，和所有同龄人一样经历了许多风雨——相信是比普通人剧烈得多的风雨——时间磨去了青少年时期的稚嫩，他对自己的人生有着深刻的解读。对他来说，成就感的来源是拿出更好的作品——无论这作品是小说还是电影，或者更新的载体。对于那些纷扰的舆论，他早已平常看待，他有这样一种笃信，认为时间会证明自己，他是一个不急不忙等得起的人。

在这种意义上，郭敬明的读者、粉丝、关注者……应该都是幸福的，因为他们所期待的这个人，每一次都在用自己所追寻的成果回应着这种期待，甚至超出原本的期待，往更宽广的境地而去。Ⓣ

好吃慢喝 来日方长

文 / 安东尼

摄影 / Fredie.L

安东尼

上海最世文化发展有限公司签约作者。
已出版作品：《红：陪安东尼度过漫长的岁月 .1》《橙：陪安东尼度过漫长岁月 .2》《黄：陪安东尼度过漫长岁月 .3》《绿：陪安东尼度过漫长岁月 .4》《这些 都是你给我的爱》《这些 都是你给我的爱Ⅱ：云治》《尔本》。厨房工作 卧室写字 心中有爱 脚下有风

在墨尔本的十三年里 我先后来上海长住过三次 第一次是大学毕业以后回上海实习 开始的时候在小西和李安家暂住 和Kim睡一张床 睡觉前他特别体贴地说 床罩被罩我都换过 他们让我免费住在那里 早上大家一起去上班 在早餐店买粥买包子 后来我找到工作 请他们来我工作的饭店吃饭 他们埋怨我乱花钱让我省着点花 我的第一个公寓是小青帮我找到的 在外滩的一个高层

第二次回来上海 因为工作的关系 当时朋友楼下有个房间出租 价格很便宜 我还在墨尔本 麻烦小青去帮我看房子 她帮我和房东讲价 拍照拍视频给我看 房子定下来以后 我开始设计 没回到上海之前就开始装修了 那时候小青有了小孩 小西和李安也都有了对象 大家见的机会不是很多 但还是能约到一起 因为公司很近 经常骑个自行车就去了 卡卡会说 尼尼 你今天要写个什么什么

这一次回来是今年4月 除了开始出《绿》的时候 偶尔去公司 基本上大家都没怎么见面了 要是约也很难一起约上 和小西去看了展览 和卡卡看过电影 前几天卡卡说杂志有个栏目 你约几个人 我们一起去你家 我说好啊 我租的新家 你们还没来过

小西 李安 卡卡 我们四个人一起去买菜 一直以来我们四个人应该是见的次数最多了 只要去公司 经常就是我们四个一起出来吃饭 今天中午 我打算做个清淡的意面 有牛油果 两种cheese 辣椒 柠檬 回到家的时候 小青已经到了 拿了两

盒子黄酒 我正在准备着 阿亮也来了 大家围在厨房 我一边做饭一边和他们聊天 大家聊双十一 聊房子的事情 家用电器的事情 装修的事情 我说 我们真的老了啊 现在聊天的内容 都是这些油盐酱醋的东西 小青笑说 这是成长 我使劲地想 我们之前聚会的时候 都在说什么 怎么也想不起来了 只记得我们是在一起的 可能因为有了他们 上海给了我家的感觉 他们成了我在上海的家人 所以那些对话和过往都变得平实 自然 已经成为生活的一部分了

写到这里忽然好想和他们一起去旅游一下 一起看看别的世界

我喜欢和朋友一起做饭吃喝 有的时候一下子出去旅行十天以上 总要找个公寓 去当地的市场买点菜 在家做一顿吃 才觉得踏实 觉得自己像一棵树 有的时候会向上疯长 做饭 和朋友一起吃饭 会让我觉得踏实 把根往泥土里扎得更紧

也许我把生活写得太好了 并不想给你生活原来可以多么美妙的假象 生活哪有这么好 只是那些不好的我都没说而已

寂寞有时 尴尬有时 难过有时 龌龊有时 卑鄙有时 懊恼有时 不过好在 相信自己 尊重自己 自信点 乐观点 和朋友家人一起 这些不好的 都会过去

那些真的在你生命里发光 让你反复回味的 它们都是 好的

其实大学以后 我一直有人生几十年 随便过过就好的感觉 所以大学后没攒钱到处走 半夜也敢在很乱的区溜达 深冬也敢在异国的海里裸泳 从天空跳下来也不怕 现在想想 家人 爱人 朋友 才是生活的意义吧

见面吃个饭 喝个酒 我还觉得远远不
够 你是我的好朋友 想牵着你的手在
我的生活里徘徊

安东尼独家牛油果意面食谱

— 材料 —

一瓣大蒜

一半红辣椒 去籽

一个青柠

两个成熟的牛油果

盐

胡椒

橄榄油

新鲜罗勒（西芹或者香菜也行

也可以混搭）

30g pecorino cheese 粉末

30g parmiggiano cheese 碎末

400g到500g 长条意面

— 做法 —

在一个大碗里 把切碎的大蒜 红辣椒 混合
放入青柠汁
把牛油果沿着果核切半 去掉果核
在皮里十字切
然后用勺子把丁取出来放入碗里
把罗勒切碎 不用太碎 放入碗里
放入各种cheese 加盐 胡椒 橄榄油 到碗里
尝一尝 应该有点咸
否则搭配面就没有味道了

煮意面 水里放一把盐 那个水尝起来
像海水一样就可以了
意面煮熟 沥干 放入大碗里
加上100ml煮意面的水
混合所有
装盘
上面可以放一些cheese和胡椒 橄榄油点缀

东京的颜色

文+图 / 曹小优

曹小优

生活在东京。定居日本，毕业于东京大学。供职于*VOGUE JAPAN*。

自幼爱好文学，发表长短篇散文近百篇，出版长篇小说《你看见我男朋友了吗？》

热爱生活，喜欢钻研美好的生活方式，正在用心打造并享受自己的异国生活，无论是写作、料理还是时尚等都倾注了自己的心意，诠释出个人的色彩，曾被日本时尚杂志*SWEET*、*SPRiNG*等介绍。曾专访脚本家北川悦吏子，导演园子温，演员佐藤健等日本文化人和艺术家，聊艺术创作也聊日常烟火。

一直以来我都认为，成功需要捷径。

我不信努力一万个小时的理论，只相信天赋和运气。

但对我来说，所谓的“捷径”，便是笔直地通往自己的梦想。不绕弯，不退缩，不屈服。坦诚地面对自己所有的欲望。

小时候我想成为作家，所以我去写，后来我想生活在日本，所以我定居东京生活。

你看到的或许是结果，看到的是我有言必行，心想事成，当然不会看到这条看似笔直的追梦道路上，曾有过多少崎岖险阻和灰心丧气，打击挫折与绝望低落。

此刻我坐在这里，一个俯视东京夜景的四十二层的玻璃窗前，看着窗外闪烁的霓虹与人间烟火，并非是想要告诉你我多么成功或是多么失败，只是想起这些年来生活并没有浇灭我的热情，无论此刻的我如何，将来都会笔直地往自己内心的方向而起航。

而这个曾把不浪费任何时间在对梦想无用的事情上的我，实现梦想来到东京后，学会的最重要的一件事，却是“绕远路”。

前往目的地的路径不止一种，尤其是在一座完全陌生的城市里。

最初我陷入了一种彻底的精神沦丧，为什么我要将无意义的时间耗在路途中，我想去的只是目的地而已。然而在途中所察觉到的景致，最终

将我推到了一个更加立体的终点。我们从来不是为了一个目的而活，我们只是要努力过得丰盛。

朝着梦想绕路是一件美妙的事情，我不再觉得时间被浪费在了错误的决定上。花时间煮一杯热红酒，花时间读一段诗，花时间去体会一场心碎，花时间和不认识的流浪汉聊天。在大家脚步匆忙地往目的地前进的时候，我选择绕远路，去体会路途中百感交集的幸福和辛苦，然后抵达终点，带着丰富的故事，向大家述说我所领略的景致。

或许这才是我想要的结果。

不仅仅是一个梦想的实现，也是无数可能性的开始。

不要慌张，不怕绕路。

如果不是因为那些走错的小径，我大概也不会成为现在的我。

春天的时候，我遇到一些人生瓶颈，5月在曼哈顿买醉，摔碎了一个玻璃杯，在夜色下的时代广场又哭又笑，忽然不知道自己在做什么，只是，朦朦胧胧听到身边的人说，在成为自己的这条道路上，你一直很清醒。

采访问答 Q&A

ZUI MOOK× 曹小优

Q：如果用一种颜色来形容东京，你觉得是什么？

红色。说到东京，就想到东京铁塔的颜色。想到东京大学的“赤门”，想到雷门和上野，都是鲜艳的红。

Q：在很多人的印象中，东京是一个节奏很快的大都市，生活在其中的人无论是工作还是生活都有着很大的压力，你也有这种感觉吗？

这种印象应该是对的吧。和其他小城市比，大城市都难免有这种感觉，在纽约也有同样的感觉，所以我想这不是来自东京，而是来自“大都市”。

Q：你会用什么样的方式缓解压力，或是寻找到属于自己的生活慰藉呢？

对我来说，缓解压力的方式就是去写。

有时候只写给自己看，有时候会写出来与读者分享。“去写”是我身体里自我排毒的一个过程，把所有难过去的事情都理清楚了，会发现一切都没那么糟。当自己的压力被他人理解了，会觉得没那么孤独。

Q：小优亲手制作的便当以及brunch等让人看图片就食欲大增呢，你是一个爱做美食的人吗？

对了，做料理也是我缓解压力的办法。新家有个特别大的厨房，偶尔写累了，就会去做做料理来缓解压力。

Q：觉得生活中超有“治愈感”的事有哪些呢？

晴朗时天边的云朵，睡前的一杯红酒，或者是泡澡时，冰凉的身体第一下接近温水的温暖感，以及抚摸猫咪的感觉，对我来说都很治愈。

Q：你是否对现在的生活满意呢？

还算满意，但还会让自己更满意。我希望自己是个知足的人，但难免也有一些可爱的小野心。

Q：日本生活对你价值观最大的改变是什么？

对我价值观改变最大的或许是成功道路不止一条，以及日本人的“匠人精神”。身边的日本人，朋友或是家人，对自己正在做的事情都有一股全神贯注精进到底的精神。我有一位面容姣好的校园选美大赛冠军的女生朋友，从小热爱钢琴，大学专修钢琴，如今一边在琴行打工一边凑钱想去欧洲深造。但她并没有选择这些大家看来很轻松的道路，也没有想过要走任何捷径，而是把所有的时间精力和金钱都投入到了自己真正热爱的事情上。“有钱又怎样呢？”她曾轻蔑地笑着说，“那些人赚钱，无非也是为了得到我现在这样全情投入在自己的爱好中的快乐。我比他们富裕多了。”

Q：日本已经成为不少年轻人向往去留学的地方，在适应并真正融入这个国家的过程中，面对环境差异、文化隔阂等，有什么好的方式来帮助他们度过呢？

我的诀窍可能是不把自己当作一个“外国人”。除去母语的差别，我们在外表上其

实并不是那么有“违和感”，因此试着将自己投放到广袤的世界里让自己成长，而不是拘泥于“外国人”“留学生”这样的身份。人心人性在本质上其实都一样，只要慢慢观察和学习他们的思考方式和行为习惯，你很快就能找到自己和外界调和的诀窍。

Q：我们很容易对其他国家产生某种固有印象，小优来到日本之后，有什么是大大颠覆了你原有认知的吗？

我还没去日本前就非常喜欢日本的流行文化和文学作品，因此也看了非常多的日剧或者日文小说，算是对日本文化有非常长时间的了解和学习。在国内时，有日本朋友知道我要去东京后告诉我，东京人非常冷淡。但其实这样片面的单薄的意见是非常不客观的。东京这个城市在我看来其实也有非常有人情味的地方，我还是学生的时候，住在江古田的一个小公寓里，因为算是“下町”，所以有一条很长的商店街。蔬菜店的老爷爷，咖啡店的店长，都和我成了朋友，路过店的时候会跟我打招呼，天气不好会递给我一把伞。虽然不知道是不是所有留学生都遇到过这样温柔的人，或许也是自己恰好幸运，总的来说，遇到过的好人比坏人多很多。而所谓“坏人”，也无非是行为目的和我不一样，彼此不小心因为误会绊到彼此一下罢了。毕竟这世上哪有与生俱来的“恶人”呢。

Q：你觉得自己的写作有受到日本小说的影响吗？

受到日本文学的影响非常大。人与人之间繁复又纤细的纠葛，情感变化中轻微的周波数，生活日常中平淡的细节……我曾有一段时间非常沉醉于这样的刻画，但这样的刻画也一定程度上影响了我故事的流畅度、情节的发展。所以以前会听到读者或者编辑说，感情很丰富，但故事节奏太慢了。我猜测或许不是我的忠实读者，很难因为我的“故事好看”而喜欢上我的故事，因为对我而言，重要的根本不是“写故事”本身。但近年我努力在做一个转变，找到细节和整体上的一个平衡。对于故事和情节的构造能力以及想象力，我其实还是很有信心的，只是可能需要在呈现上花一些工夫吧。

人间迷宫

文 / 刘麦加 图 / 栗子少女

这个世界是一个巨大的迷宫，迷宫里有各种各样的故事，不小心陷进去，就纠缠了半生。有的人能走出来，有的人，一辈子都会困在这个迷宫中。

“你要去哪里？”

“我要去那里。”

“为什么不来这里。”

“为什么要去这里？”

“……不是说好了吗？”

“说好了的话，你为什么不跟我过来？”

多少事情是经不起“为什么”推敲的，更经不起一个个分岔路口的选择。这个世界是一个巨大的迷宫，我们携手走进去，尽管最后都走了出来，却分道扬镳，形同陌路。谁都说不清发生了什么，支支吾吾半天道不出所以然，竟然懊恼地无法入睡。

其实，或者，什么都没发生，也是一个故事。

THIS IS US

很难想象这两人竟然有联系！

图 / 孙十七

爱的诅咒

文 / 幽草

太宰治与芥川龙之介

“太宰治喜欢芥川龙之介，非常喜欢……”这个稍微读过一点日本文学的读者们大概都知道。不过究竟喜欢到什么境界呢？NHK 的太宰治专题节目里，曾公开过太宰治学生时代的笔记本，空白的角落里写满了“芥川龙之介”。

芥川龙之介芥川龙之介芥川龙之介

芥川龙之介芥川龙之介芥川龙之介

芥川龙之介芥川龙之介芥川龙之介

就是这种程度的喜欢。以至太宰治二十岁第一次尝试自杀，也是听闻了芥川龙之介的死讯之后，对他自杀行为的效仿。这已经堪比20世纪90年代末那些追随某位自杀的摇滚乐手，跳楼自杀的女乐迷的行为了。

如果最初的尝试自杀成功了的话，历史上恐怕就不会留下“太宰治”的名字，太宰治也就不会和芥川龙之介一起被登入“自杀达人”的殿堂里吧。在最初的自杀失败之后，太宰治二十岁以后的人生也一直延续着一边写作一边自杀失败……这种在正经人眼中看起来是荒唐事的人生，直到他最后一次尝试自杀成功，留下那篇未完成作品 *Goodbye* 就离去了。

我想，对这位出生在贵族之家、精神纤弱、本应过着人上人生活的公子哥而言，在二十岁甚至更早的年纪，因为芥川龙之介而“觉醒”，从而走上那条不一样的颓废道路，从而沦为世人眼中的“失败者”。

从这种角度来看，对芥川龙之介的迷恋，不等于是对自己人生的一种“诅咒”吗？

太宰治（1909年—1948年），著名作家，日本战后无赖派文学最具代表性人物。代表作《斜阳》《人间失格》，为日后人们研究日本文学的重要作家之一。

芥川龙之介（1892年—1927年），著名作家，日本新思潮派代表作家，被称为20世纪前半叶日本文坛巨匠。现有以他名字命名的文学新人奖“芥川奖”。

很难想象这两人竟然有联系！

如果小提琴上寄宿着灵魂

文 / 张冉

萨拉萨蒂与海菲茨

偶然看到一部拍摄于1939年的音乐电影 *They Shall Have Music*（《青少年与音乐》），电影中有段珍贵的视频资料：20世纪最伟大的小提琴演奏家亚沙·海菲茨（Jascha Heifetz）身穿白色晚礼服，完整演奏了著名作曲家圣桑（Saint-Saëns）的名作《引子与回旋随想曲》。

《引子与回旋随想曲》是圣桑送给自己的好友、西班牙小提琴大师萨拉萨蒂（Sarasate）的礼物，1863年由圣桑亲自指挥、萨拉萨蒂首次演出。如今我们无法听到萨拉萨蒂本人的演奏录音，但海菲茨的演绎充满冰样的冷静和火般的热情，紧凑而激昂，可能是这首小提琴曲最迷人的版本。

而最吸引人视线的是影片中海菲茨使用的那把小提琴：闪烁着耀眼光芒的1740瓜涅里。作为与斯特拉迪瓦里并驾齐驱的制琴大师，瓜涅里家族中技术登峰造极的一员，朱塞佩·“耶稣”·瓜涅里于1740年制作了这把云杉和枫木材质的名琴。1922年，海菲茨得到了这把瓜涅里1740，将它作为主力演奏琴使用，直至1987年因病逝世。

而这把瓜涅里，也是萨拉萨蒂当年曾经使用过的。

如果小提琴上寄宿着灵魂，会记得几个世纪漫长时光中那些辉煌的时刻吗？萨拉萨蒂去世时，出生于立陶宛的海菲茨年仅七岁，两位大师无缘相见，但我们在聆听这首乐曲的时候，分明能够感到两个孤高的灵魂以名琴瓜涅里为载体，在乐句的上升、跳跃和回旋中隔空对话。

“看看我吧，这些掌声不仅属于我，也是属于你的。”

“我听见了。你听见了吗？”

海菲茨去世时将名琴瓜涅里1740捐给旧金山艺术博物馆，在遗嘱中提出“在适当的时候，交给合适的人使用”。十五年后，这个人出现了。旧金山艺术博物馆宣布将瓜涅里出借给旧金山交响乐团首席小提琴手亚历山大·巴兰契克。

音乐是人类生命的华彩，而小提琴，是其中最悠扬婉转、充满色彩和温度的篇章。纵使世界变幻、时代更迭，总有瓜涅里这样的乐器携带着大师们的意志屹立在时间的河流里，拒绝腐朽，永不老去。

萨拉萨蒂（1844年—1908年），流芳千古的西班牙著名小提琴家、作曲家，创作有名曲《流浪者之歌》，小提琴独奏曲中不朽的名篇。

海菲茨（1901年—1987年），20世纪最伟大的小提琴演奏家，演奏水平登峰造极。

斯特拉迪瓦里小提琴，最知名、最昂贵的小提琴，很多人通过《柯南》认识了它。

最深的爱就是当你儿子

文 / 宝树

白居易与李商隐

唐朝的诗人中，李白和杜甫的反差非常鲜明。一个是飞扬飘逸，浪漫雄奇；一个是沉郁顿挫，忧国忧民。不过二人还是一对好基友，至少杜甫对李白仰慕得要命，说他“笔落惊风雨，诗成泣鬼神”，直到分别多年之后，还为他写下动人的诗篇。在唐朝的大诗

人中，还有一个奇异的组合，比李白和杜甫差别更大，而彼此某种意义上也关联更深：白居易和李商隐。

稍有文学常识的人都知道，白居易是中唐诗人，李商隐是晚唐诗人，年龄上也差了四十年左右，虽然在同一个时代生活过，但交集不大，他们能有什么关系？更大的差别是，白居易是现实主义，作诗重浅易平实，连文盲的老妪都要能听懂，李商隐是象征主义，诗歌隐晦迷离，千古众说纷纭，要说是诗学上的一对敌人还差不多。

不过，二人还是有一段亲切交往的。按李商隐的说法，太和三年（829年），他曾经去洛阳拜会过白居易，白居易对他十分看重，"升堂辱顾，前席交谈"，令当时才十七岁的李商隐受宠若惊，一度将自己视为白居易的门生。虽然不久后他因公务离去，但是这段交往给他留下了美好的回忆。

不过这还只是比较平常的往来，若只是如此，并不值得多说。当时李商隐刚刚出道，也没有什么作品，后来诗文渐渐传扬开来，白居易也读到过不少，对李商隐的诗文喜爱得要命，据说他甚至说了一句石破天惊的话："我下辈子能当李商隐的儿子也就心满意足了！（我死得为尔子足矣！）"对一个早已名满天下，甚至外国人都知道的大诗人来说，这么不顾辈分地表达对小辈的喜爱还真是罕见。

白居易如此喜爱李商隐，可能是和唐朝后期的政治禁锢有关。尤其是"甘露之变"以后，宦官杀戮朝臣，废立皇帝，行人道路以目，怒不敢言，这时候白居易直抒胸臆的艺术手法就不太合时宜了，而李商隐用婉转深邃的象征笔法，写了不少政治诗，将无限悲愤凝聚于奇幻瑰丽的典故修辞中，才为白居易激赏不已。

白居易死后，他的继子和李商隐联系，请他为白居易撰写墓志铭，这无疑是出自白居易自己的遗命。李商隐也不负所托，写出了一篇为后人所传颂的《太原白公墓碑铭》，也将自己的名字永远和白居易连在了一起。大概在和白家的联系中，李商隐得知了白居易愿意下辈子给自己当儿子的心愿。巧合的是，不久后李商隐真的生了一个儿子，取名衮师，小名叫"白老"，这孩子据说也很聪明，但终究没有写诗的天分，所以温庭筠曾拿他开玩笑，说你如果是白老先生的后身，也太丢他的人啦。

白居易（772年—846年），字乐天，号香山居士，中唐著名诗人，著有《白氏长庆集》七十五卷，今存七十一卷，作品风靡海内外，对中国及东亚文学有巨大影响。

李商隐（813年—858年），字义山，号玉溪生，晚唐著名诗人及骈文家，与杜牧合称"小李杜"，著有诗三卷及文集四十余卷，开创西昆体流派。

恩仇各半，调一杯涩然的情谊

文 / 王一

海明威与菲茨杰拉德

刚在巴黎认识时，菲茨杰拉德比海明威更有地位一些。

当时菲茨杰拉德刚刚离开普林斯顿（虽然是退学），出版了轰动文坛的《了不起的盖茨比》，同泽尔达花天酒地，名望与收入都正值人生巅峰。而海明威则要每天操心乔伊斯请他吃饭的人情，连渔具都买不起。

然而身份上的不对等，不仅没有妨碍二人成为密友，甚至可以说是菲茨杰拉德万分热情地贴了上去。海明威还在写《太阳照常升起》，菲茨杰拉德便将他力荐给了自己的编辑，并倾尽全力促成了该书的出版。而在之后的几年，菲茨杰拉德对海明威写作的建议和修改所投入的精力，甚至超过了自己的作品。按菲茨杰拉德的妻子泽尔达的话说："我丈夫和海明威他们两个人！哼，他俩在一起的样子简直像一对情侣！"

终二人一生，泽尔达和海明威的关系一直都很糟糕。泽尔达无法忍受海明威的轻视和粗鲁，海明威对泽尔达的厌恶，则是源于她诱导了菲茨杰拉德的腐化堕落。每当菲茨

杰拉德开始写作，泽尔达便开始抱怨无聊，逼迫丈夫同自己去参加毫无意义的热闹酒会，而且为了独占菲茨杰拉德，她有意无意地贬低自己丈夫的才能与性能力。在海明威看来，这直接消磨了菲茨杰拉德的才华与信念。

然而海明威自己也对菲茨杰拉德多有贬损。尤其在宣布同菲茨杰拉德绝交之后，他拒绝评论《夜色温柔》，在《乞力马扎罗的雪》里描写一个追名逐利的失败作家“菲茨杰拉德”（后来再版时欲盖弥彰地改成了 Julian）。当菲茨杰拉德处于人生低谷写信向海明威倾诉时，他在回信里刻薄地嘲讽菲茨杰拉德，并附上了《斯科特·菲茨杰拉德的睾丸从伊甸岩被抛入海中而朗诵的诗》作为悼词，仅仅因为菲茨杰拉德出版了自述人生跌堕的《崩溃》，而海明威认为一个男人应该私下处理好自己的事，而非将一切公开博取同情。

很多年以后，当海明威在《流动的盛宴》中写到菲茨杰拉德，他这么写道：“他的才能像一只蝴蝶翅膀上的粉末构成的图案那样自然。起初，他对此并不比蝴蝶所知更多，他也不知道这图案是什么时候给擦掉或损坏的。后来他才知道翅膀受了损伤，并了解他们的构造，于是学会了思索。他再也不会飞了，因为对飞翔的爱好已经消失，他只能回忆往昔毫不费力飞翔的日子。”此时距离菲茨杰拉德在潦倒中死去已经过去二十多年，海明威也已经同菲茨杰拉德一般，长期酗酒，饱受精神疾病的困扰，而且无法不注意到自我价值已经逝去。他像在评价一位自己交好过、欣赏过，也轻侮过的伟大作家，又像是穷途末路的自况。

《流动的盛宴》成书后不久，海明威饮弹自尽，主动拥抱了他曾在作品中战胜无数次的死亡。

海明威（1899年—1961年），20世纪最著名的小说家之一，美国“迷惘的一代”作家中的代表人物，代表作《老人与海》获诺贝尔文学奖。

菲茨杰拉德（1896年—1940年），著名作家、编剧。代表作《了不起的盖茨比》奠定了他在现代美国文学史上的地位，成为20年代“爵士时代”的发言人和“迷惘的一代”的代表作家之一。

— 孤独记仇的文学隐士 —

文 / 年年

塞林格与卓别林

《麦田里的守望者》书中有这么一段，主人公霍尔顿说：“如果有一样东西是我恨的，那就是电影。”

好奇塞林格为什么会如此憎恨电影，后来才知道文坛隐士的他居然跟卓别林是情敌，还是被人津津乐道的少女癖的怪人。原来是因为当年塞林格从战场回来，发现交往了两年的初恋女友乌娜嫁给了五十五岁的卓别林，生活过得非常甜蜜。塞林格因为背叛受到了巨大的刺激，表示绝不会祝福他们的恋情。在1986年的诉讼中被公开的塞格林与朋友间的信件中写道：“我可以想象他们夜里在家的样子。卓别林头发花白，全身赤裸地蹲在衣橱顶上，拿着手杖摇头晃脑，像只死老鼠。乌娜穿着宝蓝色的外套，在浴室里发疯似的鼓掌。”从《麦田里的守望者》大卖之后，塞林格就开始了隐居生活，近二十年，他的行踪成了谜团。在一次非常罕见的采访中，老塞说：“我喜欢写作，但我只是为了自己而写，不发表的话，能带给我一种绝妙的平静……”他在后期的小说中写道：“他就

是那么一个小个子，永远被大个子追，永远也追不上女人。”老塞敏感、记仇、多疑的性格使他绝对不会祝福他们，反而将仇恨转移到了电影行业，坚决不卖版权翻拍，不然主人公霍尔顿的角色应该是一票演员最梦寐已求的角色之一吧，如果要拍电影的话就得等到这本小说成为公版书以后……好莱坞一群名导排队想拍这片，看来他们都要等老了。塞格林老人家自带神秘气质，传记更是勾起我的八卦之魂，后来他一生中有过多次婚姻，老塞五十八岁的时候通过书信跟十八岁的女孩交往，恋童癖的爱好在传记中多次被暗示，不过他对待感情的态度永远都是一旦分手，就彻底地断绝关系，绝不再来往。“I think love is a touch and yet not a touch.”——爱是想触碰却又收回手。回看塞林格短篇《破碎故事之心》中这段文字，破碎爱情故事的现实与无奈，心疼。

塞林格（1919年—2010年），著名作家，代表作《麦田里的守望者》被认为是20世纪美国文学的经典作品之一，引起世界性轰动。

卓别林（1889年—1977年），著名喜剧演员、影视演员、导演、编剧。卓别林用他的表情和动作将美国默片带到最高峰。

你穿几号鞋

文 / 王玄之

伏见京子与山口小夜子

就在前一阵的上海时装周，我接待了专程从日本赶来参与的友人伏见京子老师。她有日本时装造型师界的川久保玲之美称，也是我心中仰慕多年的偶像。就在接她去时装周会场的出租车中，我俩聊起了另一位彼此敬仰的人物，时尚界东方美的代表 Icon——山口小夜子。

山口小夜子20世纪70年代初就在世界崭露头角，算是战后第一个成名世界的日本模特，拥有一张代表樱花国度的面孔，也曾出演过寺山修司导演的多部戏剧，一直以来都是我想采访的对象，可惜她已于2007年过世。伏见京子老师曾经与她一起共事，于是我便问了关于小夜子的事。

"伏见老师还记得和小夜子的第一次工作经历吗？"

"山口小夜子啊！特别有型，神奇的是她说话的声音至今还在我脑袋里旋转。"

"她说了什么？"我问道。

"要知道，在我着手一项造型任务前客户都会提供自己的身高三围等数据，可那一次我向小夜子发了邮件询问，她一直没有回复。我有些着急，又发了邮件追问，说起码告知鞋子的尺寸，她依旧没有回复。临到拍摄前几日，我实在觉得棘手便忍不住直接给她打了电话，请教鞋码。你猜她说了什么？"伏见小姐停顿了一下，问我。我表示猜不出。她便学起山口小夜子那种特殊的说话语调，一种细弱而尖厉的声音："其实不用那么麻烦询问数据。如果是鞋子尺码，23我也能穿，24也能穿，25也能……衣服的尺寸就更不必担心了，即使你准备了块黑板我也能穿上。"

"她让你准备黑板吗？"我惊奇地问。

"我也想说没明白什么意思？准备黑板是指什么？后来才恍然大悟，她就是让我尽情准备，关于服装只听我的意思，也说明对自己的身材很有自信。我如果给她准备一辆自行车，她也一定会听话地套在身上摆pose。她那句'即使准备黑板也能穿上'真的捉住了我的心，太有型了。可惜日本再没像她这样能穿黑板的模特了，举手投足都是传奇。"

"即使准备了黑板，我也能穿上。"这句话久久回荡在我脑海中，太酷了！我要把它收在我的人生词典里。以上又使我想起另一句喜欢的话——逝去的人们都将成为他人口中的语言。

山口小夜子在我们心中成了这一句话，而我们又将成为怎样的语言呢？

伏见京子（1964年— ），日本著名设计师、造型师。有日本时装造型师界的川久保玲之美称。

山口小夜子（1949年—2007年），20世纪七八十年代日本时尚界超级名模，仅出道一年就站在时尚之都巴黎的T台之上，被评选为"全球六位顶尖模特之一"。

一张图证明孤独与我无关

梁清散

什么叫作“马里奥噩梦”？这就是！我已经死了几十遍了……幸好有这家伙在，它一直看着我死，死一次就嘲笑我一次，让我死得一点都不觉得孤独。

冯天

深夜一点半，好朋友回国落地约我吃消夜，我义无反顾打车就去了。

疏星

弹琴的时候，每一个基础的旋律都让我觉得内心尤其踏实，它们让我获得了对世界的全新感知。像个小孩一样，从头开始的感觉，真好。

消失宾妮

我的朋友可是遍布各个次元的。

幽草

和同是户川纯爱好者的女孩成了朋友，夏末，我们把住在家门口的猫送给了她。初秋，为了给猫咪庆祝，我俩带着各自的男朋友来了个四人约会，晚上一块儿去后海划船，被她拍下我和男朋友手挽手蹦蹦跳跳的样子。有朋友，有猫，有爱人，我是货真价实地离孤独很遥远啊。

雅仁

特意买了超大号的充电宝，只要充电宝满格，我和世界就不会失联。

痕痕

早上出门的时候，我妈说家里已经变成了花鸟市场。我算了一下，家里除了人类外，还有猫、狗、鸟、鱼、虾，以及水草和盆栽之类的。我回家先要和鸟说两句话，然后走路很可能被迟钝的贝贝（贵宾犬）挡到，进卧室会和猫说：“你有没有欢迎我啊？”然后坐到鱼缸前看水草……（不过孤独可能和忙什么无关，人怎么可能不孤独呢？）

陈奕潞

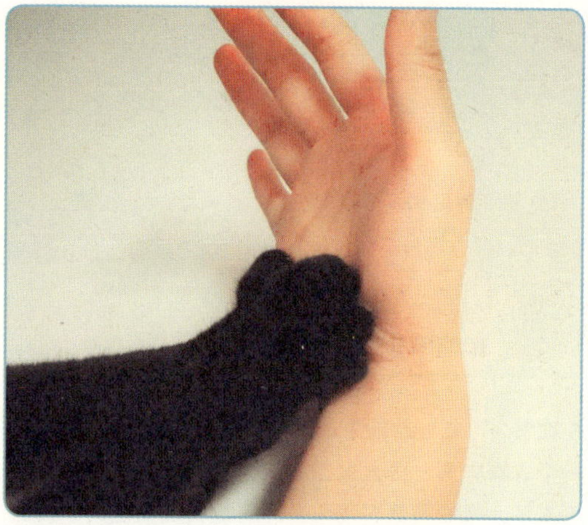

周六很神奇，睡了十二个小时，错过了展览。刚开始感到丧气的时候，朦朦伸手摸了我的手，喵喵叫着，忽然觉得这样阳光明媚的一天待在家里也不错。

王玄之

离开东京前突然想与这城市合个影，但那刻仅剩下自己，便伸出右手，以新宿大巴站为背景，拍下这张照片。“手”成了照片的主角，它追随我走遍世界各地，想到一辈子的人生都有它的陪伴，永远都不会感到孤独了呢！（请把文中的“它”换成“爱”字再念一遍吧！）

琉玄

孤独怎么可能与我有关，虽然我一个人生活一个人吃饭一个人看电影一个人逛街一个人对着月亮吃月饼……不不不，孤独当然与我无关！别看我现实生活中孤苦伶仃风雨飘摇，（……）但是我在网上可是有很多老婆的，一呼百应呢！五百多个呢！不孤独。别人云吸猫，我云吸老婆。

包晓琳

在冲绳十几米的海底下，全程捏着鼻子被小伙伴保护的宝宝就是我了……

孙晓迪

每天迎来送往、浇花喂猫、扫灰除尘、买书进书、算账做表、对着来书店买书但会抓着你聊四个小时同时不希望你喝水上厕所的顾客……还有为了实现写作梦想在书店里坚持写作，来来来，你跟我说说什么是孤独。

自由鸟

照片里只拍了三碗饭，其实晚上在家吃饭的有六个人，最多时全家七口人一起吃饭，三代同堂。我根本没法证明自己孤独，因为在家想清净一会儿都很困难好哦。

王一

虽然在家经常是老干妈抹面包解决一顿饭，在实验室却常备辣酱、芥末、番茄酱和酱油。多少个处理数据的深夜，微波炉热一盒白饭，淋上酱油，拌上辣酱，假装是在家吃饭，而不是一个人在休息室赶进度。我，一个毫不孤独的、精致的，深夜美食家。

曹小优

剪了短发之后就很爱买耳环，几百日元到几万日元的，路边小铺里的或者奢侈品店里的，主要是邂逅它的那一刻，如果怦然心动，便会兴高采烈地领回家。有它们陪着我的耳朵，就不会觉得寂寞。

THIS IS US

时光阅读会

欢迎来到一期一会的“时光阅读会”！上一辑《最小说》选题书《深夜自愈指南》，我们邀请到作家吴忠全与大家分享阅读笔记，讲述他的阅读心情。

小编提示：你正在阅读的这本书，ZUI 作家和你一起阅读，一起分享。属于我们的文字约会，一定不要错过！

总得有人去擦亮星星

文 / 吴忠全

夏天最热的那段时间，我去中国最北面的小镇住了几天，小镇的中央竖着一个三面的大喇叭，每个傍晚除了播报新闻外还会播放一些儿童故事，其中有一个是讲老师问小朋友们长大后的梦想是什么。小孩子们的回答五花八门，但也都属于正常的职业范围，唯独一个小朋友怯生生地说，自己的梦想是做一架长长的梯子，然后顺着梯子爬上去，去把那些不太明亮的星星擦亮。

听到这个故事的时候我正坐在院子里的秋千上喝啤酒，很自然地就想到了童年时的许多个夜里，听着蛙鸣看天空中的星星，每一颗都遥远，每一颗都亲近，所想到的事情也都单纯得不切实际。

那时的夜晚也都单纯，是一天工作后的休息，喧嚣之后的静寂，是黑夜降临后窗子里透出的暖黄，是关了灯就能入睡的安宁。

二十几年过去了，和那时相比，现在的夜晚太过于盛大且复杂。一面是灯红酒绿，喧闹狂欢，纸醉金迷；另一面是人群散尽，孤单做伴，失意人生。人们把白日的千姿百态都延伸到了夜里，却又比白日多出了几分感性，让这发生在夜里的事情，都多了浓稠，多愁善感，恣意妄行，都能够被允许和原谅。

而更多的时候，夜晚似乎变成了寂寞难过的代名词，人们把受过的伤敞开治疗，方法千奇百怪，有的人渴望痊愈，遍地寻医，有的人却任由伤口溃烂，享受疼痛。

我也是在一个深夜里翻开这本《深夜自愈指南》的，那时暖气还没来，屋子里冷冰冰的，窗外有呼呼的风声，我蜷缩在被窝里，守着一盏夜灯慢慢地翻看，也慢慢地沉浸其中。

在这一个人的夜里，这本书却给我呈现出了一个极尽多样繁闹的夜晚，如一幅画卷把整个世界夜晚的万种风情都展开在眼前，我透过文字与书画去看到了更多人的夜晚，人类那么地不同，却又那么地相同。

当然，还有故事，这个本就是夜晚的产物，慢慢地又归还给了夜晚，从野外的篝火旁到都市房间的床边，从一群人的围坐到一个人的翻阅，故事的作用从给童年提供幻想，到给成人予以安抚。

在这个愈加庞杂喧嚣的世界，能还给夜晚以安宁的，或许也只有故事了。

我看见在过去那些安宁的夜里，人们暂时放下了忧愁，孩子们在听故事的时候，眼睛是明亮的，大人们在读故事的时候，内心的星星也一点一点地又被擦亮了。

回到最开始那个关于擦亮星星的故事，讲到最后，读了一首诗，那首诗是这样写的：

总得有人去擦亮星星，
它们看起来灰蒙蒙。
总得有人去擦亮星星，
因为那些八哥、海鸥和老鹰
都抱怨星星又旧又生锈，
想要个新的我们没有。
所以还是带上水桶和抹布，
总得有人去擦亮星星。

读者留言精选

在《最小说》官方微博 & 微信平台上，我们收到很多读者阅读《深夜自愈指南》时，关于不圆满的故事、无处安放的情绪以及深夜的自愈所带来的感触，面对黑夜、面对伤痛，每个人的回忆里都有故事……

关于“不圆满的故事”

但求与你饮过冰

吴忠全在《谁陪我尝人生百味》里讲了一个人念念不忘着曾与她相伴过一段时光的那个人，可当二人真的相逢，却早已辨不出他的模样。书里似乎所有的故事结局都不得圆满，但也不悲伤，娓娓道来的文字能让人觉得安详。深夜自愈从来不是靠在别人完美的故事里沉浸迷醉，而是在这样的故事里看见自己的影子，会觉得一切都是命运最好的安排。

川为静其波

很喜欢自由鸟的那篇文章，属于学生的细密情感很轻易地就能引起共鸣。文中的六哥让我想起了九把刀《功夫》里的老爷爷，他们为身边人开创了一个特别美好的世界，却最终被粉碎干净。也许这就是青春年华里特有的气息，有自己的信仰和认定的事物，却没有人认可，像一个无依无靠的怪物，在夏日的风里落寞地追逐自己的影子。

尹尹

最初被邢燕的文章所吸引是因为她的题目《把悲伤看透时》，将悲伤看透之后会得到什么呢？带着这样的疑问读到了一个充满遗憾的爱情故事。那些被各种各样的原因打败的感情，在日常生活中像潮水一波一波地袭来伤痛，但终有一天会释怀，会恢复到风平浪静，那时就是将悲伤放下的时刻。

关于“无处安放的情绪”

语如是

最喜欢那篇《夜尽头》，每个人都活在自己的世界里，如同故事里的主角永远都离不开花街。不安于现状，也找不回过去的自己，是一件太可悲的事情，就好像被拆掉的花街，没有了就是没有了。我也盼望着将来的某一天自己能有走出花街的那份勇气。

我们都是被命运眷顾的宠儿，我们从来不缺爱人的勇气。每一个失眠的夜晚之后，都是新的黎明。

sunsun

痕痕在同名卷首《深夜自愈指南》里写了自己领养小猫 Tsuki 的经过与感触，最后痕痕说：“你也有你的月亮吧。”想起日本人表白不会直白地说“我喜欢你”，而是说“今晚的月色真美啊”，深夜里的月亮于是就有了特殊的意义，可以向身边的同伴倾诉心事，不管他是爱人还是宠物。这篇文字同时也唤起了我对饲养宠物的渴望。

Joecy

从看到封面的那一刻起，就感受到了温暖的力量，黄橙橙的街道似乎有能抚平一切伤痛的天神在驻守，得到了治愈的效果。期望无论是爱而无望的伤感，还是生离死别的悲痛，每一种深夜负能量都能在夜晚得到温柔的安放，也能找到自愈的良方。

关于“深夜自愈”

崆安

《跨越世界的零点》从这期选题书出预告的时候就开始期待了。看着一张张照片和一段段文字，像是嗅到了东京带着樱花香的风，触到了香港街道上朦胧的灯光。我只要在你身边就很好，你周身便是我整个世界，你一句“晚安”便为我送来整夜好眠。

最惊喜的是《不二兔的阅读奇妙夜》中推荐了阿多尼斯的《我的孤独是一座花园》。今夜很好，有风有光还遇见了君干；今夜不太好，但总有诗歌可借来疗伤。常常真心感谢这个世界，给了我遍体鳞伤，也给了我比翅膀还美好的你。

Rosie dream

《夜尽头》是一个怀念已经去世的原本和自己相依为命的重要亲人的故事。在我看来，这个故事的特别之处在于它的切入点是“画地为牢”。就像故事中翔森对主人公说的：“只要你不逃避，脚下就会生出路来。”不管是像这个故事主人公那样因为生活孤独，还是因为感情受挫，或者是因为工作失败等生活中的任何打击，我们都不能画地为牢永远停留在原地，而应该勇敢地寻求突破，努力找到适合自己的解决方案，任何困难都是可以克服的。

陈恩琼_寒汐

十一个故事，十一种人生；十一个深夜，十一种悲喜。回忆、孤独、迷失、伤害、漂泊、委屈……还有失去。每读完一个不同的故事，心中都会有不同的感觉，说不清道不明，就像是经历了不同的十一种人生……

黑夜其实并不可怕，只看你怎么对待它。《深夜自愈指南》真的能让每一个读者在看到它的时候，都能够得到治愈。没有太多的弯弯绕绕，没有太多的旁敲侧击，直直地戳进你内心深处，最最柔软的那个地方。也许，这就是这本书的魅力所在。

这本《最小说——有爱》，我们继续邀请神秘嘉宾作者分享阅读笔记，你的感怀心情是否也希望能一起分享？欢迎参加“时光阅读会”的书评征集活动（长短不限哦）！

参与方式：标明【书评活动】字样，发表微博并@最小说，或者在《最小说》微信公众号，点击“留言”发送给小ZUI，就可以参加啦！我们会从中选取5位幸运读者赠送下一辑《最小说》选题书，更会抽选书评留言刊登在“时光阅读会”的版块中哦！

上期《深夜自愈指南》书评活动获奖读者名单：
ID：但求与你饮过冰、陈恩琼_寒汐、川为静其波、崆安、Chink

下期预告

味蕾无法分辨的，人间滋味

世间的百种滋味，我们用舌头去尝，以味蕾标记三餐饮食，日日反复，前行成漫漫一生。

人生的千万模样，我们只有自己去见，触碰酸甜苦辣背后的人情，激发悲欢离合中灵敏的味觉，把每一次分外珍贵的相逢、每一种值得铭记的风景、每一捧无声难言的情绪都在心头封存。

让我们带着最虔诚的心，一起去品尝，人生这道大餐吧。

一定有属于你的，最不可错过的滋味啊。

那些你团在心口，卡在喉咙，
却无法说出的心情，
他们替你写下……

思念的味道

持续的思念，在这样安静而空旷的盛夏午后，我透过彩虹的瞳孔，

去想象你的现在，你的过去，你的未来。

我们相逢在汹涌的街头，你心怀烈酒，我却不敢抬头。

你问我，冬天的夜晚是什么颜色。

我说，就像失去你之后的我。

郭敬明

忘记的味道

总会在以后的时间里忘了你，反正不是心里的男一号，想忘就能忘了。先忘了你的样子，再忘了你说话的声音，随后忘了你擅长笑，或是喜爱笑，忘了你穿过灯光慢慢由混浊变清晰，忘了我在你心目中变换反复的样子，忘了你说过的话。都能忘记了。现在不行，以后也可以。如果以后也不可以。我们总有比以后更以后的以后。

落落

喜欢的味道

不二 你是一只这么深邃的兔子 很多时候 我都不知道你在想什么
你是否 正在爱着某人呢 如果是的话 一定要很用力 很用力地爱
我也解释不好
如果你喜欢的人也喜欢你是什么感觉
反正 比你最困的时候 我抱你上床 要好一万倍
比新宠夸你帅 也要好一万倍
比我们之前所有的旅行 加起来的快乐 也要好

安东尼

缠绵的味道

牵挂一个人是件好事情。可以把你变得更温柔，更坚强，变得比原来的你更好。当你看着他打篮球的时候，你没有告诉他他奔跑的样子让你想“要”；当他一言不发紧紧抱住你的时候，你没有告诉他就算是吵架的时候你也在欣赏他的脸庞；当你们静静地坐在一起看冬天结了冰的湖面的时候，他抓着你细细的手腕，他的手指缠绕着你的，皮肤与皮肤之间微妙的摩擦让你明白了一个词语：缠绵。

笛安

那些世间动人的故事，
触动心弦的文字，
他们一一记录……

逝去之人留下最热烈的意志，
少年和少女相依相偎，
体会牵绊的味道。

少年把手放在她的额前，手掌里全是阳光和暖。他说，我们一起学习吧，学习去尝各种滋味，不要拒绝它们。

甜酸苦辣也好，喜怒哀乐也好，让它们发生，然后用舌头、用心去品尝和纪念。

一个人离开了，还会有另一个人走进来，让生活继续下去。

——梦人《我们憧憬着的歌》

志趣相投的人们一一离开，
挚爱与理想消弭之后，
只剩孤寂的味道。

我少年时的人生曾因为被诗歌照亮而使其余的一切黯然失色，以至于过早尝到了绝望的滋味。我们互相懂得这种感觉，人们一个个地陷入那里，一个个在黑暗中把那种滋味咂摸透彻，在黑暗中互相感觉到他人的体温，又一个一个地从那里离开，去新的生活里。每一次别离都是小小的死亡，每一次转身与改变都是小小的新生。

——幽草《桥洞天堂》

死亡是人间最大的分隔，
但请记得生命中仍有人爱你，
别忘了爱的味道。

在茉莉的感觉里，那段寂静持续了很长很长的时间。但那不是能杀人的那种寂静，而是另一种很安心的寂静，就像是深夜醒来，睡在自己的床上，也许听不到隔壁妈妈的呼吸声，但你知道她在。

——迟卉《第一年》

年少时多情也多愁，
年少时无知也无畏，
这大约就是青春的味道。

好在那时我们年轻，健壮多愁，对一切都不挑剔，且怀揣着兴致勃勃的好奇，酒肉屡次穿肠过，胃壁和表达欲还是干瘪的，反反复复，一群人高谈阔论，可以喝掉不少啤酒，那年大概是我人生当中喝酒次数最多，最濒临醉与不醉的微妙边缘，喝多了，浑身油然生出一股朦胧的免疫力，以为自此同这个世界画下了一道短促、超然的分界线。

——廖文璐《杯酒人生》

恋爱的滋味都是甜蜜的吗？当然还有徘徊的酸涩与失去的痛楚。
成长的滋味都是热烈而无悔的吗？或许只是平凡渺小，甚至灰暗无声。
人与人的百种相遇、交集、纠缠，孕育了人世的千种滋味，就让我们在下辑《最小说》选题书中，一同感受那些刺痛你神经、浸入你心间的故事与文字，共同品味那些味蕾无法分辨的，人生滋味。

更多精彩内容，敬请期待。

PHOTO / Fredie.L

2018年《最小说》
主题书系征稿现已开启！

你是否梦想用文字来抒发情感、用绘画来描摹世界、用摄影来表达个人观点？《最小说》主题书系将让更多的人得以发现并认可你的心意与作品。

【我们需要什么】

[文字类]

青春校园√科幻√悬疑√推理√其他非常规题材√

篇幅在3000~6000字之间，如稿件特别优秀，可以酌情考虑延长篇幅。

只要你的故事足够精彩，只要你的文字足够动人，我们绝不错过。

投稿邮箱：

wen1@zuibook.com

wen2@zuibook.com

wen3@zuibook.com

[图片类]

插画/摄影/设计师合作，请发送个人作品及简历至邮箱：art@zuibook.com

【你需要注意的是】

*投稿内容无暴力色情描写，无政治、宗教倾向。

*文字和图片类投稿作者不得一稿多投，两个月内没有收到答复可以另行处理。

*投稿时请留下自己的真实姓名、笔名、联系方式，以便我们与您取得联系。

[Zestful Unique Ideal]

全新旅程，期待你的加入。

欢迎关注《最小说》微信公众号，在这里将为你送上由编辑精心策划、作者倾情参与、读者趣味互动的特别主题活动。优质故事、作者动态、活动资讯、福利放送逐一奉上，更有新书推荐、编辑部故事、ZUI树洞等精彩小栏目呈现。ZUI动人、ZUI新鲜、ZUI趣味，一切尽在《最小说》官方微信公众号。对啦，最新的“投稿秘籍”也即将上线哦~

这场关于文字的约会，让我们进行到底。

扫码关注@最小说

好书推荐

《文艺风象 · 穿搭之乐》 No. 1

主编：落落　　**定价：16.8 元**　　**上市日期：2018.4.10**

如果你平时比较关注穿着搭配并在其中获得很多快乐，那这一期《穿搭之乐》特辑，你也会喜欢的。本期主题嘉宾，是演员张雪迎，她目前就读于中央戏剧学院，2003 年，她出演个人首部电视剧《永乐英雄儿女》；2014 年，她主演的现代伦理情感片《狗十三》获得“第 64 届柏林国际电影节新单元水晶熊奖”和“第 21 届北京大学生电影节最佳影片奖”，目前出演了多部青春题材电视剧。本期特辑的流行人物，是作家、翻译家默音，她长期撰写日本文学、文化相关文章，主要翻译作品有《摩登时代》《真幌站前多田便利屋》《赤朽叶家的传说》《京都人生》《冰点》等多部日本小说和非虚构作品，创作的小说作品有《月光花》《人字旁》《姨婆的春夏秋冬》等。

看看我们的衣柜、沙发和床脚那张椅子，看看那堆积如山的衣服鞋子，你是不是总觉得还缺少些什么？那么恭喜你，你已经陷入了一个甜蜜的陷阱，一个从麻烦中猎寻快乐的局。“我们喜欢的搭配”和“我们应该怎么搭配”之间，一直存在着很多矛盾，但正是这些矛盾的存在，才给了我们在季节、文化、规则等限制中突破自我的挑战的乐趣。本期特辑，我们可以同参与创作的嘉宾、作家、摄影师与画家一起，从了解当下衣服鞋帽的品类，到回溯它们的故事，再到预测它们的趋势，从中理性地选择出适合自己的部分，或者任性地放大内心喜好，去演绎一个崭新的自我。

《下垂眼：我想见的是你》

王小立 著　　定价：29.8 元

No. 2
上市日期：2017.1.5

那句埋藏在心底的“全宇宙我最喜欢你” 勾起我们青涩的恋爱、甜美的期待、热烈的友谊与不知世事的天真烂漫，守护着青春最温暖的那部分。全书全彩升级！随书附赠林小夏专用日记本和有爱小短篇！

《最爱你的人，是我》

郭敬明 主编　　定价：32.8 元

No. 3
上市日期：2017.1.20

用特有的文字和风格来诉说生命中的这个最爱我的你。这个“你”存在在我们的任何一段人生旅程里。也许是那些曾经陪伴我们的人，也许是那个我们心心念念的人，也许是在我们生命中突如其来，又突然消失的人……

《请和孤单的我吃饭吧》

陈 晨 著　　定价：38 元

No. 4
上市日期：2017.3.30

风趣幽默的文字背后，却是一个充满温情的故事。故事里的人物和情节其实有着许多人的影子，从最现实的角度出发，塑造了生动的人物形象，用一个个幽默的小故事，以及“吃饭”这样日常的状态串联起了人生的百态。

《2030 · 终点镇》

迟 卉 著　　定价：32.8 元

No. 5
上市日期：2017.4.15

被人类赐名的机器，在为争取真正“活着”而蓄力。一场人类与人工智能的博弈，一场互相猜测与对答的游戏。光怪陆离的科学幻想，险象环生的惊奇案件，这场来自人类与人工智能的交战，正缓缓拉开帷幕……

《失落在记忆里的人》

吴忠全 著　　定价：38 元

No. 6
上市日期：2017.5.10

关于一场蓄谋已久的暗恋，一个触碰不到的恋人，一段结束后开始的感情。导演宁浩激赏推荐，即将搬上大银幕。原来爱情并不是两个人的事情，一个人也可以轰轰烈烈，也可以岁月绵长，也可以演绎出所有的起承转合，且刻骨铭心。

《绿——陪安东尼度过漫长岁月 IV》

安东尼 著　　定价：36.8 元

No. 7
上市日期：2017.6.10

用更加成熟的笔触讲述真实生活中的点滴感悟，和时光罅隙间漫无边际的遐想。平凡生活中徘徊悱恻的爱情；细致入微的美好；不期而遇的梦想，都在安东尼的笔下被时间化成了暖心质朴的情书，陪你走过春夏秋冬，走到红橙黄绿。

图书在版编目（CIP）数据

最小说．有爱 / 郭敬明主编．— 长沙：湖南文艺出版社，2018.4
ISBN 978-7-5404-8482-8

Ⅰ．①最… Ⅱ．①郭… Ⅲ．①短篇小说—小说集—中国—当代 Ⅳ．① I247.7

中国版本图书馆 CIP 数据核字（2017）第 320254 号

上架建议：青春 / 畅销

ZUIXIAOSHUO·YOU AI
最小说·有爱

主编：郭敬明
出版人：曾赛丰
文字总监：痕痕
出品人：郭敬明
责任编辑：薛健　刘诗哲
监制：毛闽峰　赵萌　李娜
特约策划：卡卡　董鑫　张明慧
特约编辑：卡卡　张明慧
营销编辑：杨帆　周怡文
装帧设计：ZUI Factor (zui@zuifactor.com)

出版发行：湖南文艺出版社（长沙市雨花区东二环一段508号　邮编：410014）
网址：www.hnwy.net　印刷：北京中科印刷有限公司　经销：新华书店

开本：787mm×1092mm　1/16　字数：178 千字　印张：15
版次：2018 年 4 月第 1 版　印次：2018 年 4 月第 1 次印刷
书号：ISBN 978-7-5404-8482-8　定价：34.80 元

若有质量问题，请致电质量监督电话：010-59096394
团购电话：010-59320018

PHOTO / 胡小西

《遗忘将至》

李茜 著　　定价：32.8 元

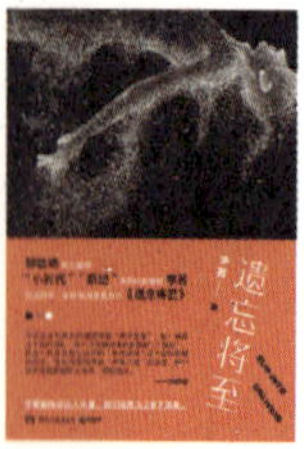

No. 8

上市日期：2017.7.25

一场险象环生的“记忆整合”实验，一次光怪陆离的“记忆回溯”旅程，开启一个超乎想象的记忆世界：光环与血泪并行交织，罪恶与救赎角力起伏。《小时代》《爵迹》系列电影副编剧李茜催泪悬爱力作，郭敬明通读全书感动推荐。

《橙——陪安东尼度过漫长岁月 II》

安东尼 著　　定价：38 元

No. 9

上市日期：2017.8.2

记述安东尼在墨尔本留学的生活片段，旅行中的见闻感受，以及在这个过程中对生命、人生的一些感悟。我们需要一些琐碎的片段，身边真实的故事。需要微小的、错综复杂的、细枝末节的感动。五年典藏版全新包装，暖心上市。

《里德——这些都是你给我的爱 I》

安东尼 echo 著　　定价：39.8 元

No. 10

上市日期：2017.8.2

讲述兔子男孩安东尼失恋后，为找寻曾经恋人一心向往的那棵“开满鲜花的树”，而独自一人踏上旅途，环游世界的故事。用灵动的语言，倾吐少年恋慕和成长的酸涩心事。七年典藏版更精美的装帧，全新修订的插图，重温安东尼式的感动。

《北京人在北京·沸雪》

琉玄 著　　定价：32.8 元

No. 11

上市日期：2017.8.10

女孩儿们面临着结局前最后的考验，欲望、物质似乎都触手可及，但爱情、友情却总是求而不得。“终其一生，我需要的也只是一个方向，那尽头是你。”“北京人在北京”系列大结局，三个女孩间的激荡青春。

《第五波入侵 II》

瑞克·扬西 著　　定价：32.8 元

No. 12

上市日期：2017.8.18

继首部惊天浩劫后，死亡危机再度升级！看不见的敌人、信不过的同伴、等不到的希望……强大过自身所有的恐惧，才是活下去的唯一奇迹。普利兹文学奖得主瑞克·扬西第五波系列强势来袭，又一部刻画外星人入侵地球的科幻力作。

《夜行列车》

梅骁 著　　定价：32.8 元

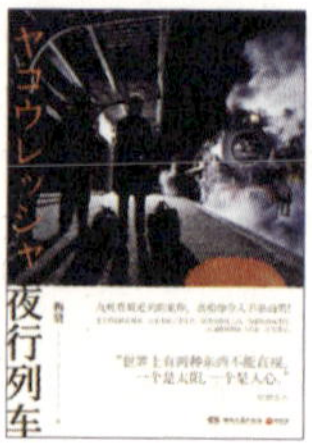

No. 13

上市日期：2017.8.25

九桩看似无关的案件，真相却令人不寒而栗！受害者隐藏着秘密，凶手变成了受害者，谋杀转换为工具，情感转换成手段，无法掩饰的除了爱意，还有杀意。九篇相互勾连的推理小说，诉尽无法以爱拯救的荒凉人生。